光文社古典新訳文庫

変身／掟の前で　他2編

カフカ

丘沢静也訳

kobunsha classics

光文社

Japanese translation published by arrangement with
Stroemfeld Verlag
through The English Agency (Japan) Ltd.

目次

変身／掟の前で　他２編

判決

ある物語

Fのために

じつに気持ちのいい春の、日曜の午前だった。ゲオルク・ベンデマンは若い商人である。家の２階の自分の部屋にすわっていた。川沿いには似たような家が何軒も並んでいる。背が低くて粗末な造りで、屋根の高さと壁の色がちがうだけ。外国にいる幼なじみに手紙を書き終わったところだ。遊ぶようにゆっくり封をしてから、机にひじをついて窓の外をながめた。川が見える。橋が見える。ちょっと緑をつけはじめた対岸の丘が見える。

ゲオルクはじっくり考えてみた。あいつは実家の暮らしに満足できず、何年も前にロシアへ文字どおり逃げたのだ。ペテルブルクで商売をやっている。最初のうちはきわめて順調だったけれど、すぐにうまく行かなくなったらしい。故郷に帰ってくる回数はどんどんへったが、帰ってくるたびに愚痴をこぼしていた。そんなふうに外国でむなしくあくせく働いていた。見慣れないひげを顔一面にはやしていたが、子どものときからお馴染みの顔をちゃんとおおうことはできず、黄ばんだ顔色からは病気が進行中のように思えた。本人の話によれば、ペテルブルクの同胞コロニーとはろくなつながりもなく、ロシア人の家庭ともほとんど交際もせず、一生独身のつもりだった。

そんな男にどんな手紙を書いてやればいいのか。明らかに道をまちがえてしまった人間なのだ。同情はできても、助けることはできない。それとも忠告してやるべきなのだろうか。こちらに帰ってきたらどうだい。こちらで生活を立て直してみたらどうかな。昔の仲間に連絡をとって――それにはなんの障害もないはずだ、――友だちには助けてもらうんだよ。しかし、相手を気づかってそんな忠告をすれば逆に、傷つけることにならないだろうか。つまり、こう宣告することにほかならないからである。これまでの努力は失敗したんだぜ。いい加減、あきらめたらどうだ。負け犬になって戻ってきて、みんなから驚きの目で見られるのも仕方ないだろ。世間のことがわかってるのはおまえの友だちのほうで、おまえはあいかわらず子どもなんだから、こちらにいて成功した友だちを見習うことだな。しかしそんな宣告をして苦しめたところで、なにか効果があるのだろうか。こちらに戻ってこさせることすらできないかもしれない。——あいつは自分でも、こちらの事情がもうわからない、と言っていたではないか。——だから、苦しくても外国にとどまっているんじゃないか。忠告されたことに腹を立て、友人たちからはもっと距離をとって。しかし実際に忠告にしたがって戻ってきたとしても、こちらで——誰かのせいではなく、客観的な事実のせいで——がっかりして、友人たちのなかに居場所がなく、かといって友人たちなしではやっていけず、屈辱を味わうことになれば、実際に故郷もなくなり、友だちもなくしてしまうだろう。とすれば、いまのまま外国にいるほうが、ずっとましじゃないだろうか。こんな状況なのだから、こちらに戻ってきて実際にうまくやれるだろうと考えられるだろうか。

そういうわけで、その友だちと手紙のやりとりだけはやめないでおこうとすると、たんなる知人にさえ遠慮なくできそうな報告すら、書けなくなったのである。友だちが故郷に戻らなくなって3年以上になる。ロシアの政治情勢が不安なので、しがないビジネスマンとしては一日として留守にするわけにはいかない、というのがその理由だった。ところが何十万というロシア人が世界を飛びまわっていたのだが。その3年のあいだ、ゲオルクには多くの変化があった。2年ほど前、母親が死んでからゲオルクは年老いた父親と暮らすことになった。それを知らされた友だちは、そっけないお悔やみの手紙を寄こしてきた。外国にいると、こういうできごとが哀しいものだと想像もできなくなるからにちがいない。さてそれ以来、ゲオルクはほかのことと同様、仕事にももっと熱心に取り組んだ。もしかしたら母親の生きているあいだは、父親が仕事で自分の意見しか通そうとしなかったので、ゲオルク自身、実際に動きにくかったのかもしれない。もしかしたら母親が死んでから、父親は、引退こそしていないものの遠慮するようになったのかもしれない。もしかしたら――これは大いにありうることだが――偶然の幸運が重なったせいかもしれない。いずれにしても商売はこの2年で思いがけないほど繁盛するようになった。従業員は倍にふえ、売上げは5倍になり、さらなる成長が目前にせまっている。

友だちのほうはこの変化をまるで知らなかった。以前、最後にくれた、もしかしたらあのお悔やみの手紙のなかで、ゲオルクに、ロシアへの移住をすすめようとしていたのだ。ゲオルクがペテルブルクに支店を出せば、どれくらいの売上げを見込めるかまで書いていた。その数字は、ゲオルクの現在の売上げと比べれば、取るに足りない額だった。だが当時、ゲオルクは友だちに自分の成功を伝える気はなかった。いまごろになって言ったりすれば、実際おかしな感じをあたえるだろう。

そこでゲオルクはこの友だちにはいつも、他愛ないできごとしか書かないことにした。静かな日曜日に考えにふけっているとき雑然と思い出すようなできごとしか、書かなかった。友だちがいだいている故郷の町のイメージを壊すことだけはしたくなかった。長いあいだ離れているあいだに作ったイメージに満足するようになっていたのだ。というわけでゲオルクは、どうでもいい男とどうでもいい娘との婚約のことを、ずいぶん間隔のあいた手紙のなかで3度も知らせることになった。するとこの友だちは、なんとゲオルクの予想に反して、どうでもいいその婚約に興味をもちはじめたのである。

しかしゲオルクは、そういうことを書くほうが自分のことを告白するよりずっと気楽だった。ゲオルク自身、1か月前、フリーダ・ブランデンフェルトという金持ちの娘と婚約したのだ。しばしばその婚約者とは、この友だちのことを、手紙をやりとりしている特別な関係のことを話した。「だったら私たちの結婚式には来ないわね」と婚約者が言った。「でも、あなたの友だちなら、誰とでも会っておきたいな」。「あいつの邪魔、したくないんだ」とゲオルクが答えた。「わかってほしい。呼べば来るだろう、とは思うよ。でもさ、しぶしぶやってきても、傷つくんじゃないか。嫉妬するかもしれない。きっとうれしくないだろう。そんな気持ちをずっとかかえたまま、ひとりで帰ることになるだろう。ひとりでね——わかるかな」。「でもその人、私たちの結婚のこと、どこかから聞きつけたりしないかな」。「仕方ないね、それは。だけど、あいつの暮らしぶりじゃ、その可能性はないだろう」。「そういう友だちがいるんだったら、ゲオルクは婚約なんかするべきじゃなかったのよ」。「ああ、ぼくらふたりの責任だ。だけど、いまでもぼくには、ほかの選択肢は考えられない」。何度もキスされて婚約者があえぎながら言った。「でも、やっぱり、いやだな」。それを聞いてゲオルクは、友だちにすべてを話しても大丈夫だという気になった。「これがおれなんだ。

このまま受けとってもらうしかない」と自分に言い聞かせた。「どんなに飾っても、あいつとの友情にふさわしい人間にはなれないんだ」

実際、ゲオルクはこの日曜の午前中に書いた長い手紙のなかで、友だちに婚約をつぎのような言葉で報告した。「最高のニュースを最後に残しておいた。ぼくはフリーダ・ブランデンフェルトという女性と婚約した。資産家の娘だ。君が出ていってからずいぶん後に、こちらに越してきた一家だから、君はまず知らないだろう。そのうち機会があれば婚約者について詳しく伝えるつもりだ。きょうのところは簡単な報告だけで許してほしい。ぼくはほんとうに幸せだ。そして、君との関係もちょっと変化した。といっても、君にとってごくありきたりの友人ではなく、幸せな友人になったということにすぎないのだが。いや、それだけじゃない。婚約者が君によろしくと言っている。そのうち直接、君に手紙も書くことになるだろう。誠実な女友だちができたわけだから、ひとり者の君には悪くない話だ。いろんな事情があって戻れないことは承知している。しかしぼくの結婚式は絶好のチャンスじゃないだろうか。障害なんて突き破ってみたらどうだ。ともかく、なんの遠慮もいらない。気のすむようにしてもらいたい」

手紙をもったままゲオルクは、顔を窓にむけて長いあいだ机の前にすわっていた。通りすがりに路地から挨拶した顔見知りにも、ぼんやりした微笑を返すのが精一杯だった。

ようやく手紙をポケットに突っこんで、部屋を出て、小さな廊下を横切り、父親の部屋に入った。もう何か月も足を踏みいれたことがない部屋だ。足を踏みいれる必要もなかった。父親とはいつも仕事場で顔を合わせていたからである。昼食は食堂でおなじ時間にとった。夜になるとそれぞれ好きなことをしたが、そんなときでもしばらくは、たいていめいめい新聞をひろげて、いっしょにリビングにすわっていた。ただし、ゲオルクが――これはよくあることだが――友人たちとすごしたり、また最近のように婚約者を訪ねたりしたときは別だったが。

ゲオルクはぎくっとした。よく晴れた午前中なのに、父親の部屋はなんと暗いのだろう。こんな影を落としているのは、狭い中庭のむこうにそびえている高い塀のせいだ。父親は隅の窓のところにすわっていた。そこには、亡くなった母親の形見がいろいろ飾られている。新聞を目の前で斜めにかざして読んでいる。視力の衰えを補おうとしているのだろう。テーブルには朝食が残っていた。あまり食べなかったらしい。「おっ、ゲオルク」と言って、父親はすぐこちらのほうにやってきた。歩くと、重いガウンの前が開いて、すそが足にまといついている。——「おやじ、あいかわらず大男だな」とゲオルクは思った。

「ここ、いやに暗いね」とゲオルクが言った。

「ああ、暗いんだ」と父親が答えた。

「窓も閉めてるの？」

「ああ、そのほうがいいから」

「外は、ずいぶん暖かいよ」。ゲオルクは自分の発言を補足するように言って、腰をおろした。

父親は朝食の食器を片づけて、戸棚に置いた。

「ちょっと言っておきたいことがあって」とゲオルクがつづけた。年老いた父親の動きをぼんやりと目で追った。「やっぱりペテルブルクには、婚約のこと知らせることにしたんだ」。手紙をポケットからちょっと引っ張りだして、すぐに戻した。

「ペテルブルクに？」と父親がたずねた。

「例の友だちにだよ」と言って、ゲオルクは父親の目を見ようとした。――「店にいるときとは別人だな」と思った。「偉そうにすわって、腕組みなんかしてる」

「そうか。おまえの友だちにか」と、ゆっくり父親は力をこめて言った。

「ほら、前に言ったけど、あいつには婚約のこと、最初は黙ってるつもりだったんだ。あいつのこと考えて。ほかに理由はないんだけど。父さんも知ってるように、気むずかしいやつだから。考えてみると、どこかから婚約のこと聞きつけるかもしれない。つき合いの悪い暮らしぶりからすると、ほとんどその可能性はないんだけど。――それは防ぎようがないからね。――しかし、ぼくの口からは聞かせるべきじゃない、とね」

「ところが考え直したってわけか」と父親がたずねた。ひろげたままの新聞を窓敷居のところに置き、新聞のうえに眼鏡を置いて、眼鏡を片手でおおっている。

「うん、考えてみたんだ。あいつが親友なら、ぼくにとってうれしい婚約はあいつにとってもうれしいはず。だったら迷わず、知らせることにしようと。でも手紙を出す前に、父さんに話しておこうと思ったわけ」

「ゲオルク」と言って、父親は歯のない口をきっと結んだ。「よく聞くんだ。おまえはその問題を相談するためにやってきた。たしかにりっぱなことだ。しかしな、本当のことを全部しゃべらないんなら、なんの意味もない。それどころか、もっとたちが悪い。関係のないことをあれこれ言うつもりはない。だがな、母さんが死んでから、おもしろくないことがいろいろあった。もしかしたらその話をする時が来るかもしれない。もしかしたら思っているよりも早くその時になるかもしれない。店では私の関知しないことがある。隠しごとをされているわけじゃないかもしれん――まだ、そんなふうには思いたくもない――。だが、もう力も衰えた。物忘れもひどくなった。あれこれ目配りできなくなった。なんといってもこれは自然のなりゆきだが、それだけじゃない。母さんに死なれたことが、おまえよりうんとこたえてる。――しかしこの問題にかんしては、お願いだ、ゲオルク、嘘をつくな。その手紙のことだ。つまらん。話す価値もない。だから嘘をつかないでほしい。本当にペテルブルクにそんな友だちがいるのか」

ゲオルクはうろたえて立ちあがった。「ぼくの友だちの話なんか、やめよう。友だちが千人いても、父さんには代えがたいんだから。ぼくがどう思ってるか、聞いてもらえるかな。もっと自分を大切にしてほしいんだ。でも年齢には逆らえない。父さんは店になくてはならない人だ。それはわかってるよね。でも店の仕事が父さんの健康をそこなうようなことがあるなら、あしたにでも店は閉めちゃおう。健康が一番だから。父さんのために別の暮らし方を考えなくちゃ。それもまったく別の暮らし方をね。この部屋、暗いじゃないか。リビングならちゃんと明るいのに。朝食はちょっとつまんでるだけ。しっかり食べて力つけてもらいたいのにな。窓を閉めてすわってるけど、外気はすごくいいんだぞ。だめだよ、父さん。医者に診てもらって、言いつけを守ろう。部屋を交換しよう。父さんが陽の当たる部屋に移って、ぼくがここに来る。これまでどおりに暮らせるよう、ここにあるのは全部もってくことにする。でもそれには時間がかかるから、いまはちょっとベッドで横になって。ともかく休まなきゃ。さ、着がえを手伝うよ。ぼく、うまいんだから。それともいますぐ陽の当たる部屋に行く気があるんなら、とりあえずぼくのベッドで横になればいい。そのほうがいいかもしれないな、絶対」

ゲオルクのすぐそばに父親がいた。もじゃもじゃの白髪頭《しらが》で、うなだれている。

「ゲオルク」と父親がささやいた。身動きひとつしない。

ゲオルクはすぐ父親のそばにひざをついた。父親のくたびれた顔を見あげると、瞳孔が異様に大きくふくらんでこちらを見つめている。

「ペテルブルクに友だちなんかいないだろ。おまえはいつも冗談が好きだった。私にたいしても遠慮しなかった。どうしてペテルブルクなんかに友だちがいたりするのか。まったく信じられん」

「よく考えてみてよ、父さん」と言って、ゲオルクは父親を安楽椅子から起こして、ガウンをぬがせた。かなり弱々しい姿だ。「もう3年ほど前のことだけど、うちに訪ねてきたじゃないか。ぼくはまだ覚えてるよ、父さん、あいつのこと好きじゃなかったね。すくなくとも2回、父さんにはあいつなんか友だちじゃないと言ったけど、ちょうどそのときあいつ、ぼくの部屋にいたんだよ。父さんはあいつが大嫌いだった。

あいつ、変わってるからさ。でもあの後、父さんはあいつと機嫌よくしゃべったじゃないか。あのときは、とてもうれしかった。父さんがあいつの話に耳を傾け、うなずき、質問してくれたから。よく考えれば、思い出せるはずだよ。あのとき、ロシアの革命について信じられないような話を聞かせてもらっただろ。ほら、キエフに仕事で行ったとき、騒乱に出くわしてさ、バルコニーにいた司祭がナイフで手のひらに十字を刻み、血のしたたるその手をかざして、群衆に呼びかけるのを見たっていう話。父さんだってその話、あちこちで聞かせてたじゃないか」

そう言っているあいだにゲオルクは、父親をふたたびすわらせて、リネンのパンツのうえにはいているズボンと、それから靴下をそっとぬがせた。あまり清潔ではない下着を見て、自分を責めた。父親をほったらかしにしてきたのだ。下着の交換に気をつけるのは、たしかに息子の義務ではないか。将来、父親をどうするつもりなのか、これまで婚約者とはっきり話をしたことがなかった。しかし暗黙のうちにふたりとも、父親はひとりでこれまでどおりこの家に住みつづけるのだと思っていた。だがいまきっぱり決心した。父親は自分たちが引き取ろう。それどころか、よく考えてみれば、そのときになってから世話をするのでは遅すぎるかもしれないのだ。

両腕で父親をかかえてベッドへ運んだ。ゲオルクはぞっとした。ベッドにむかう2、3歩のあいだ、ゲオルクの胸につけている時計の鎖で父親が遊んでいる。すぐにベッドに寝かせることができなかった。時計の鎖をしっかりにぎって放さなかったからだ。しかしベッドに入ると、すべてがうまく行くように思えた。父親は自分で毛布をかけてから、すっぽり首まで毛布にくるまった。ゲオルクを見あげる目は友好的ですらあった。

「どう、思い出した?」とたずねて、ゲオルクははげますようにうなずきかけた。

「ちゃんとくるまれてるか」と父親がたずねた。足に毛布がちゃんとかかっているかどうか、わからないらしい。

「ベッドはいいだろ、やっぱり」と言って、ゲオルクは毛布をかけ直してやった。

「ちゃんとくるまれてるか」と父親がもう一度たずねた。返ってくる答えを待ちかまえているようだ。

「大丈夫、ちゃんとくるまれてるよ」

「ちがうだろうが！」と父親が叫んだ。答えが質問に衝突したのだ。父親は毛布をガバッとはねのけた。一瞬、毛布が宙に浮かんでパッとひらいた。父親はすっくとベッドのうえに立っている。片手だけ軽く天井にそえている。「私をくるみこもうとしたな、ろくでなしめ。だが、くるみこまれてはおらんぞ。これが老いぼれの最後の力だとしても、おまえが相手ならじゅうぶんだ。いや、じゅうぶんすぎる。おまえの友だちなら、私はよく知っている。心にかなった息子のようなものだ。だからおまえはあれを何年もずっとだましてきたんだ。ちがうか。あれのために私が泣かなかったとでも思うのか。だからな、おまえは事務室に閉じこもって、誰も入れない。ボスは多忙だからな——もっともそうすりゃ、ロシアににせの手紙も書けるわけだ。だがな、うれしいことに父親というものは、教えてもらわなくたって、息子の心が読めるものだ。おやじのことをやっつけたと思ってただろう。尻に敷いてやったから、おやじのやつ、身動きできないだろう、とな。そこで息子さんとしては結婚しようと決心したわけだ」

ぞっとするような父親の姿をゲオルクは見あげた。突然、あいつのことをよく知っていると言いだしたのだ。そのペテルブルクの友だちの姿にゲオルクは心をつかまれた。こんなことははじめてだ。遠いロシアで途方に暮れている。略奪されて空っぽになった店のドアのところにいる。棚が壊され、商品がずたずたにされ、ガス灯のアームが落ちている。友だちはかろうじて立っている。なぜあんな遠くまで行かなくてはならなかったのか。

「こっちを見るんだ」と父親が叫んだ。ゲオルクは放心したように、なにかにすがろうとしてベッドに近づいた。しかし途中で止まった。

「スカートまくりあげたからな」。父親がフルートのような声でしゃべりだした。「スカートまくりあげたからな、あのむかつく女が」。それを実演してみせるため父親が寝間着をぐいとまくりあげたので、太ももに戦争のとき受けた傷が見えた。「スカートをこんなふうに、こんな具合にまくりあげられて、おまえはすり寄っていったわけだ。邪魔されずに楽しみたいから、母さんの思い出をはずかしめ、友だちを裏切り、父親をベッドに押しこんで動けなくした。だが、動けるんだぞ、ほら」

父親はひとりですっくと立って、両方の脚をかわりばんこにふりあげた。自分の見通しの正しさに顔を輝かせている。

ゲオルクは隅に立って、できるだけ父親から離れていた。ずいぶん以前、すべてを完璧なまでに精確に観察してやろうと決心したことがあった。そうしておけば、脇や背後や頭上から不意をつかれることがないからだ。ずっと昔に忘れてしまった決心をいま思い出したが、短い糸を針の穴から引き抜くように、すぐ忘れた。

「だがな、おまえの友だちはだまされたわけじゃない」と父親が叫んだ。人差し指を左右に動かして自分の言葉を裏書きしている。「私がこの町であれの代理人だった」

「コメディアンめ」。ゲオルクはおさえきれずに叫んでしまった。まずいことを言ったとすぐに気づいて、——目をこわばらせ——舌を嚙んだが、遅すぎた。嚙んだ痛みで、からだがねじれた。

「そうとも、もちろんコメディーをやってたんだ。コメディーをな。いい言葉じゃないか。女房をなくした年寄りに、ほかにどんな慰めがある？　さあ、言ってみろ。——答えているあいだだけは、生きている息子だと認めてやろう——私になにが残っているというのか。陽の当たらないこんな部屋で、誠実じゃない使用人たちに虐待されて、よぼよぼになったこの年寄りに。息子は歓声をあげて歩きまわり、私が準備しておいたいくつもの契約を成立させ、楽しそうにスキップし、父親を見かけると無愛想にくそまじめな顔をして立ち去る。おまえを私が愛さなかったとでも言うのか。実の父親であるこの私が」

「さ、おやじのやつ、前かがみになるぞ」とゲオルクは思った。「落っこちたら、一巻の終わりだ」。そんな言葉が頭をかすめた。

父親は前かがみになったが、落っこちなかった。期待に反してゲオルクが寄ってこなかったので、父親はからだを起こした。

「そこにいろ。おまえなんかに用はない。手をさしのべる力はあるけれど、そんな気がないから、さしのべないだけだなどと思っているのか。だが勘違いするな。あいかわらず私のほうがずっと強いんだ。私ひとりだけだったら尻込みするしかなかっただろう。だがな、母さんが力を貸してくれた。おまえの友だちと私はすばらしい同盟を結んでいた。おまえの情報はこのポケットに入ってるんだ」

「寝間着にまでポケットつけてるのか」とゲオルクは思った。これを世間に知らせれば、おやじを葬ることができるぞ、と思った。だが一瞬そう考えただけだった。いつもゲオルクはなんでも忘れるのだった。

「婚約者といちゃつきながら、やってこい。さっさと婚約者を片づけてやる。どんな方法で片づけるか、楽しみにしてろ」

信じられないというふうに、ゲオルクは顔をしかめてみせた。父親は、自分の言ったことが絶対に正しいんだというふうに、ゲオルクのいる隅にむかってうなずくだけだった。

「しかしきょうは楽しませてくれたな。わざわざやってきて、友だちに婚約を知らせる手紙を書いてもいいか、などとたずねてくれた。しかしな、あれはなんでも知ってる。馬鹿だな、なんでも知ってるのさ。私が手紙を書いてるんだぞ。ペンとインクを取りあげるのを忘れただろう、おまえ。だからあれは何年も姿を見せなかった。どんなことでもおまえより百倍は知ってるからな。お前の手紙は読まずに左手で丸めて、右手に私の手紙をもって読んでるのさ」

父親は興奮して腕を頭のうえでふりまわした。「千倍は知ってるのさ」と叫んだ。「一万倍だろ」。そう言ってゲオルクは父親をあざ笑ったが、口のなかでそのセリフが、死ぬほど厳粛にひびいた。

「何年も前から待ってたんだ。お前が相談にやってくるのをな。ほかに気になることがあると思うか。新聞を読んでると思うか。ほら」。そう言って父親はゲオルクに新聞を投げつけた。どういうわけかベッドにまぎれこんでいた古い新聞で、その新聞の名前からしてゲオルクにはまったく心当たりがない。

「なんでそんなにぐずぐずして、一人前にならなかったんだ。母さんは死んでしまった。喜びの日を味わうこともなく。友だちはロシアで途方に暮れている。3年前から黄ばんで紙くず同然。この私は、ほら、見てのとおりだ。お前にも目があるだろうが」

「じゃ、待ち伏せしてたんだね、父さん」とゲオルクが叫んだ。

同情して父親はさりげなく言った。「そのセリフ、もっと早く言えばよかったな。だが、いまじゃ似合わん」

そしてもっと大きな声で言った。「わかったか。おまえの知らない世間があるのだ。これまでおまえは自分のことしか知らなかった。もともとたしかに無邪気な子どもだった。だがじつはな、悪魔のような人間だったんだ。——だから、よく聞け。これから判決をくだしてやる。おぼれて死ぬのだ！」

ゲオルクは部屋から追い立てられた気がした。背後で父親がベッドに倒れる音がまだ耳に残っていたが、部屋を後にした。斜面をすべるように急いで階段をおりたとき、お手伝いの女と衝突しそうになった。朝になって部屋を片づけるため、階段をあがろうとしていたのだが、「キャーッ！」と悲鳴をあげて、エプロンで顔をおおった。ゲオルクの姿はもうそこにはなかった。門を飛びだし、車道を横切り、川へと駆られた。もう橋の欄干をつかんでいた。腹ぺこの人間が食べ物をつかむように。すぐれた体操選手のようにひらりと欄干を飛びこえた。子どものとき体操が得意で両親の自慢だった。まだしっかり欄干につかまっていたが、だんだん手の力がぬけてきた。欄干の柵ごしにバスが見えてきた。川に落ちてもバスの轟音でまったく聞こえないだろう。ゲオルクはそっと呼びかけた。「父さん、母さん、ずっと愛してたんだよ、ぼくは」。そして手を放した。

その瞬間、橋のうえでは、交通がとぎれることはなかった。

変身

I

ある朝、不安な夢から目を覚ますと、グレーゴル・ザムザは、自分がベッドのなかで馬鹿でかい虫に変わっているのに気がついた。甲羅《こうら》みたいに固い背中をして、あおむけに寝ている。頭をちょっともちあげてみると、アーチ状の段々になった、ドームのような茶色の腹が見える。その腹のてっぺんには毛布が、ずり落ちそうになりながら、なんとかひっかかっている。図体《ずうたい》のわりにはみじめなほど細い、たくさんの脚が、目の前でむなしくわなわなと揺れている。

「なんだ、これは?」と思った。夢ではなかった。たしかにここは自分の部屋だ。人間が住むにはちょっと小さすぎるけれど、あいかわらず、見なれた壁に囲まれている。机には、バッグから出した生地のサンプルが乱雑にひろげられている。——ザムザはセールスマンだった。——机のうえの壁には絵がかかっている。ちょっと前、絵入り雑誌から切り取って、かわいい金縁の額に入れたやつ。描かれているのは、毛皮の帽子と毛皮の襟巻き《ボア》をつけた女。背中をすっと伸ばしてすわり、ずっしりした毛皮のマフをこちらに突きだしている。腕が、ひじまですっぽりマフのなかに隠れている。

グレーゴルの視線はそれから窓にむかった。どんよりした天気で——雨のしずくが窓敷居のブリキにあたっているのが聞こえ——すっかり憂鬱になった。「もうちょっと寝て、こんな馬鹿なことなんか忘れてしまうか」と考えた。だがどうしても眠れない。右側を下にして寝るのが習慣なのに、いまの状態ではそういう格好になれないのだ。右側を下にしようとどんなに力を入れても、ごろんとあおむけの状態に戻ってしまう。百回は寝返りを試みただろうか。ざわざわ動いている脚を見ないですむよう、目は閉じていた。脇腹に、これまで感じたことのない、軽い鈍痛を感じはじめて、ようやく寝返りをあきらめた。

「まったくなあ」と思った。「どうしてこんなにしんどい職業、選んでしまったのか。明けても暮れても出張だ。オフィスでやる仕事より、ずっと苦労する。おまけに出張には面倒がつきものだ。列車の乗り継ぎが心配になる。飯はまずくて不規則だ。いろんな人と会うことになるが、長くつき合うこともないし、心を通わせることもない。あくそっ、こんな生活、うんざりだ」。お腹のうえのほうがちょっとかゆくなった。あおむけのままゆっくりベッドの隅《ベッドポスト》のほうにからだをずらし、頭をもちあげられるようにした。かゆい場所がわかった。小さな白い斑点でびっしりおおわれているが、どういうものなのか見当がつかない。脚でそこを触ろうとしたが、すぐに引っこめた。触ったとき冷たくてぞっとしたのだ。

からだをずらせて元の位置に戻った。「こんなに早起きしてると」と思った。「ほんとに馬鹿になっちゃう。人間はちゃんと寝なきゃ。ほかのセールスマンは、ハーレムの女みたいに暮らしてる。おれが午前中のうちに宿に戻り、ようやく取ってきた注文を会社に送るころになって、連中は朝食の時間。そんな真似をおれがすれば、社長にすぐクビにされるだろう。しかしそれも悪くないかも。両親のためにがまんしないでいいのなら、とっくの昔にやめてたからな。社長のところへ行って、思ってること全部ぶちまけてやっただろう。社長、デスクから転がり落ちたにちがいない。デスクに尻のせたまま、社員を見おろしてしゃべるなんて、実際、おかしなマナーだ。おまけに耳が遠いから、社員のほうがそばに寄ってやらなきゃならない。いや、まだ完全に希望がなくなったわけじゃないぞ。お金を貯めて、両親の借金を社長に返してやる。——それまでには5年か6年はかかるだろうが——、絶対、そうしてやる。そうなれば大収穫だ。だがとりあえず起きなきゃ。5時の列車に乗るんだから」

そして、チェストのうえでチクタク音をたてている目覚まし時計に目をやった。「な、なんだっ、これは」。6時30分だった。針は平然と進んでいる。30分も過ぎて、もう45分に近づいている。目覚ましは鳴らなかったのだろうか。ベッドから見たところ、ちゃんと4時にセットされている。たしかに鳴ったのだ。しかし、家具をふるわすベルの音にも気づかず、安眠していたのだろうか。いや、安眠はしていなかったが、もっと深く眠っていたのだろう。さて、これからどうするか。つぎの列車は7時発だ。それに乗るには、狂ったように急がなければならない。生地のサンプルはまだバッグに詰めていない。気分はすぐれず、からだもだるい。列車に乗れたとしても、社長のカミナリは避けられない。会社の用務員が5時の列車に待機していて、乗り遅れたことをとっくの昔に報告しているはずだ。あいつは社長の犬だ。気骨もなければ、脳味噌もない。じゃ、病気だと届けるのはどうだろう。いや、それは、ひじょうにまずいし、疑われるぞ。働くようになってからこの5年間、グレーゴルは病気なんかしたことがなかったのだ。きっと社長が保険医といっしょにやってくるだろう。怠け者の息子のことで両親に文句を言うだろう。保険医を指さしながら、どんな言い訳も受けつけないだろう。なにしろあの保険医に言わせれば、世の中には、健康なくせに仕事嫌いの人間しか存在しないのだから。ところで今回の場合、保険医の言い分はそんなに的はずれだろうか。実際、グレーゴルは、眠りすぎたためにまだ眠いということを別にすれば、なかなか気分もよくなってきた。おまけに猛烈にお腹がすいてきた。

こんなことを猛スピードで考えながら、まだベッドから出る決心がつかない。そのとき――ちょうど目覚ましが6時45分を打ったのだが――ベッドの頭のほうにあるドアをそうっとノックする音がした。「グレーゴル」と呼んでいる。――母親の声だ――。「6時45分だよ。出かけるんじゃなかったの?」。ああ、優しい声だ。グレーゴルは、返事をしている自分の声にぎくりとした。まぎれもなくこれまでの自分の声だ。しかし、底のほうから湧いてきたように、抑えようのない痛ましいピィーピィーという音がまじっている。言葉は、文字どおり最初の一瞬だけはっきり聞きとれたが、その後はボロボロの響きになったので、ちゃんと聞こえたのかどうか、わからない。グレーゴルはきちんと返事をして、一部始終を説明しようと思った。だが、こんな状態なので、短く返事をするだけにした。「ああ、ああ、母さん、ありがとう。もう起きてるよ」。木のドアのおかげで、グレーゴルの声の変化はドアの外では気づかれなかったらしい。その返事に母親は安心して、足音を立ててドアから離れた。けれども短いやりとりのせいで、ほかの家族にも、出かけたはずのグレーゴルがまだ家にいることがわかってしまった。すぐに父親が側面のドアをノックしてきた。そうっとだが、こぶしで。「グレーゴル、グレーゴル」と呼んでいる。「どうしたんだ？」。しばらくしてこんどは声をひそめ、「グレーゴル、グレーゴル」とうながした。反対側の側面のドアのところで、妹が心配そうに小声で聞いた。「グレーゴル？　気分よくないの？　なにか必要なものある？」。両側にむかってグレーゴルが返事をした。「もう、用意、できてるんだ」。できるだけていねいに発音し、一語ずつ長いポーズをはさんで、声の変化をさとられないようにした。父親はもう朝食のテーブルに戻ったが、妹がささやいた。「グレーゴル、開けて、お願いだから」。けれどもグレーゴルは開けるつもりなどなかった。旅の習慣で身につけた用心深さに感謝した。家でも夜は、すべてのドアに鍵をかけることにしていたのだ。

まず落ち着いて、誰にも邪魔されずに起きあがり、服を着て、ともかく朝食にありつきたかった。後のことはそれから考えればいい。ベッドのなかにいると、あれこれ考えてもろくな知恵が浮かんでこないことはよくわかっていた。それにこれまでも、変な格好で寝ていたせいでベッドでちょっと痛みを感じていても、起きてしまえば、気のせいにすぎなかったということがよくあった。きょうの痛みも想像にすぎず、そのうち消えるのではないかと期待した。声の変化はセールスマンの職業病、つまり本格的な風邪、の前触れにちがいない、と信じて疑わなかった。

毛布をはねのけることは簡単だった。ほんのちょっとお腹をふくらませるだけで、毛布はひとりでに落ちた。だがそれから先が大変だった。なんといっても異様にからだの横幅がひろがっていたからである。からだを起こすには両腕と両手が必要だろう。

だがそのかわりに細い脚がたくさんあるだけだった。たくさんの脚はいろんな方向にひっきりなしに動いていて、どっちみちコントロールできない。1本を曲げようとすると、まず最初、ぴんと伸びてしまう。ようやくその1本が思いどおりになったときには、ほかの脚がみんな、釈放された囚人みたいに、痛ましいほど興奮してうごめいている。「ともかくベッドでぐずぐずしないこと」。グレーゴルは自分に言い聞かせた。最初は、下半身からベッドを抜けだそうと思った。だがその下半身は、まだ見たこともなく、どんなふうになっているのか想像もつかないが、あまりにも動かしにくい。動きがじつにのろい。とうとう腹立ちまぎれに、力いっぱい、がむしゃらにからだを前に突きだしてみたら、方向をまちがえて、ベッドの柱脚《ベッドポスト》の下のほうに激しくぶつけてしまった。焼けるような痛みを感じた。この下半身こそ、さしあたり自分のからだで一番敏感なところかもしれないと学習した。

そこでこんどは、先に上半身をベッドから出そうとしてみた。そうっと頭をベッドの縁のほうにまわした。これは簡単にできた。幅があって重たいにもかかわらず、ついに胴体もゆっくりと頭の回転につられて動いた。頭をようやくベッドの外に出して、宙に浮かせたとき、そのまま頭をせり出していくのが不安になった。最後に全身をベッドから落とすとき、まさに奇跡でも起きないかぎり、頭部を傷つけてしまうだろう。だがいまは、どんなことをしても意識を失ってはならない。むしろベッドにいたほうがましだ。

おなじような苦労をして以前のような格好でベッドに横になり、ため息をついた。たくさんの細い脚がわなないているのが見える。もしかするともっと激しい格闘をしているのかもしれない。その気ままな混乱に法と秩序をもちこむことは不可能に思えた。あらためてグレーゴルは自分に言い聞かせた。このままベッドに寝てるわけにはいかないぞ。ベッド脱出のためなら、どんなことでもやるべきじゃないか。ほんのわずかな見込みしかないとしても。と同時にグレーゴルは、ときどき思い出すことも忘れなかった。絶望して決心するよりも、落ち着いて、落ち着きはらって熟慮するほうがずっとましなのだ、と。そういう瞬間には、じっと目をこらして窓を見つめた。だが残念ながら、朝の霧をながめていても、確信も元気も湧いてこない。狭い通りのむこう側すら、霧で隠されていた。「もう7時だ」。目覚ましがあらためて時を打った。

「もう7時なのに、まだこんな霧だ」。しばらく横になったままじっと息をひそめた。物音ひとつ立てないでいると、あたりまえの現実が戻ってくるのではないか、と期待しているかのように。

それから自分に言って聞かせた。「7時15分までには、絶対にベッドから完全に出てなきゃな。それはそうと、それまでに会社から誰かが様子を見にやってくるだろう。会社は7時前には仕事をはじめてるんだから」。グレーゴルは、全身を伸ばしたまま完全に均等な力でからだを揺らして、ベッドから抜けだそうとした。この方法でベッドから落っこちても、落ちるときにしっかり頭をもちあげていれば、頭部が傷つくことはないだろう。背中は固そうだ。カーペットに落ちても大丈夫だろう。もっとも気になるのは、落ちたときにドスンと大きな音がするのではないかということだ。どのドアのむこう側にも恐怖とまではいかなくても、心配をひきおこすだろう。しかし、やるしかない。

からだの半分をベッドから突きだしたとき――この新しい方法は、苦労というよりは遊びだった。ぐいぐいからだを揺らしつづければいいだけなのだ――、グレーゴルはふと思った。誰かが手伝ってくれると、じつに簡単なんだけどな。力持ちがふたりいれば――頭に浮かんだのは父親と女中だった――、十分だろう。ふたりが腕をおれのまるい背中のしたに差しこんで、ベッドから引きはがし、かかえたまましゃがんで、じっと見守ってくれるだけでいい。おれは床で寝返りを打つ。そのとき細い脚たちがちゃんと働いてくれると助かるんだが。さて、どのドアにも鍵がかかっていることは別として、ほんとに助けを呼んでいいものだろうか。そんなことを考えていると、こんなに困っているのに、ついニヤッとしてしまった。

もっと強くからだを揺らせば、バランスを失いそうになるところまで来ていた。急いで最後の決断をしなければならない。あと5分で7時15分なのだ。――そのとき玄関のドアのベルが鳴った。「会社のやつだ」。そう思うと、からだが固くなったが、脚のほうはますます忙しそうにダンスをしている。一瞬、家じゅうが静まりかえった。「出ないんだな」。そう思ってグレーゴルは、なにか馬鹿げた希望をいだいた。しかし、もちろんいつものように女中がしっかりした足取りで玄関にむかい、ドアを開けた。最初の挨拶を耳にしただけで、誰なのかグレーゴルにはわかった。――マネージャーがじきじきにやってきたのだ。どうしてグレーゴルはこんな会社に勤める羽目になったのか。ほんのちょっと手抜きをしただけで、ものすごく疑われる。社員はひとり残らずろくでなしなんだろうか。社員のなかには、朝の1時間か2時間、会社の仕事をさぼっただけで、良心の呵責にさいなまれてオロオロし、ベッドから起きだせなくなるような誠実で従順な人間が、ひとりもいないというのだろうか。実際、——こんなことで問い合わせが必要なら——見習いを寄こすだけで十分じゃないか。わざわざマネージャーがやってくる必要があるんだろうか。まったく関係のない家族にまで、この疑わしい一件の調査はこのマネージャーひとりの判断にゆだねられてるんだぞ、と見せつける必要があるんだろうか。そんなことを考えているうちにグレーゴルは、ちゃんとした決断というよりは興奮のため、からだを全力で揺らしてベッドから飛びだした。音を立てて床にぶつかったが、ドシンとは響かなかった。落下の衝撃がカーペットにすこし吸収された。背中も、グレーゴルが思っていた以上に弾力性があった。そのため音がこもり、耳につくほどではなかった。ただ頭を、用心してしっかりあげておくのを忘れたため、床に打ちつけてしまった。腹立たしさと痛みのあまり、首をまわしてカーペットに頭をこすりつけた。

「中で、なにか落ちましたね」。マネージャーが左隣の部屋で言った。グレーゴルは想像してみた。このマネージャーも、今日のおれみたいな目に遭わないかな。可能性がないとは言えないはずだ。だがこの質問に荒っぽく答えるように、マネージャーが左隣の部屋で2歩、3歩と足音を立てて、エナメルのブーツをきしませた。右隣の部屋から妹がささやいて、グレーゴルに知らせた。「グレーゴル、マネージャーだよ」。「わかってるよ」とグレーゴルはつぶやいた。だが妹に聞こえるような大きな声を出す勇気はなかった。

「おい、グレーゴル」。こんどは父親が左隣の部屋から言った。「マネージャーさんがおいでだぞ。なんで5時の列車に乗らなかったのか、おたずねだ。どう説明すればいいか、わからない。それに、お前とじかに話したいとおっしゃってる。さあ、ドア、開けてくれないか。部屋がちらかってたって、大目に見てもらえるさ」。「おはよう、ザムザ君」と、マネージャーが親しそうな声で割りこんだ。「具合が悪いんですよ」と、母親がマネージャーに話しかけた。父親はまだドアのところでしゃべっている。

「具合が悪いんですよ、マネージャーさん、きっと。どうしてグレーゴルが列車に乗り遅れたりするんでしょうか。仕事のことしか頭にない子なんです。夜なんかまったく出かけないので、あたしのほうがいらいらしちゃうほどでして。この1週間だって、この町にいるのに、毎晩、家にいるんですよ。テーブルにすわりこんで、静かに新聞を読んだり、時刻表を調べたり。糸ノコさわってりゃ、うれしいんです。先日も、2晩か3晩で、小さな額縁こしらえたんです。びっくりするほどきれいな額縁で、自分の部屋にかけてます。グレーゴルがドアを開けたら、すぐわかりますよ。それにしてもマネージャーさんに来ていただいて、助かりました。あたしたちだけじゃ、ドア、開けさせられませんから。ほんとにがんこ者で。きっと具合が悪いんです。そんなことない、って本人は朝、言ってましたが」。「すぐ行くよ」と、グレーゴルはゆっくりと慎重に言ったが、じっと動かず、みんなの話に耳をすませた。「それ以外の理由は、奥さん、考えられませんね」とマネージャーが言った。「重い病気じゃなきゃいいですが。しかし、ある意味、やっぱり言っておきましょう。われわれビジネスマンとしてはね、——残念なのか幸いなのかは、解釈によりますが——ちょっとぐらい具合が悪くたって、仕事だと思えば、さっさと克服しなきゃ。そんな場合がよくあるんですよね」。「おい、マネージャーさんに入ってもらっていいな?」と父親が、がまんしきれずに言って、あらためてドアをノックした。「ダメだ」と、グレーゴルが言った。左隣の部屋には気まずい沈黙が流れた。右隣の部屋では妹がすすり泣きはじめた。

なぜ妹はみんなのところに行かないのか。たぶんたったいまベッドから起きあがったばかりで、まだ着がえてもいないのだろう。ではなぜ泣いているのか。グレーゴルが起きだしてこず、マネージャーを部屋に入れないからだろうか。グレーゴルがクビになる危険があるからだろうか。そうなると社長が両親に昔の借金を返せとせまるかもしれないからだろうか。けれどもそんな心配はさしあたり不必要だろう。まだグレーゴルはここにいるのだし、家族を見捨てようなんて考えてもいない。目下のところ、カーペットのうえに転がっているのだろうし、そのありさまを知っていたなら、誰もグレーゴルにマネージャーを入れろとは要求しないだろう。この程度の不作法なら、簡単にあとで適当に言い訳ができるだろうし、こんなことでグレーゴルがすぐクビになるわけがない。だから、泣いたり説得したりしてマネージャーにまとわりつくより、いまはそっとしておくほうがずっと得策だと、グレーゴルには思えた。しかし、どうなるかはっきりしないからこそ、みんな心配したのだし、当然、そういう態度をとったのだ。

「ザムザ君」。マネージャーの呼ぶ声が大きくなった。「どうしたんだい。部屋をバリケードで封鎖して、イエスかノーしか言わず、ご両親にまですっかり心配をかけ、――ついでに言うと――前代未聞のやり方で仕事を放棄している。さて、ご両親と社長にかわって本気でお願いしよう。どうかいますぐ、はっきり説明してもらいたい。驚いた。驚いたね。落ち着いた、もののわかった人間だと思ってたんだよ。それが突然、変な気まぐれのオンパレードをおっぱじめるつもりらしい。社長は今朝、君の欠勤理由を推測したんだが――うん、ちょっと前、君にまかせた代金の取り立てのことだ、とね――、しかし私は、いや、それは見当ちがいです、誓ってもいいです、と言っておいた。ところが、いま、信じられないほどがんこな君を見て、肩をもつ気がすっかり消えちゃった。君のポストだってぜんぜん安泰じゃないんだよ。もともとこういうことは、こっそりふたりだけで話をするつもりだった。しかし、どんどん時間をムダにしてくれるものだから、ま、いいだろ、ご両親に聞かれたって。つまりさ、このところ君の成績にはきわめて不満なんだ。もちろん、成績が特別にあがるようなシーズンじゃない。だけどね、ぜんぜん成績のあがらないシーズンなんてものはない。ザムザ君、あっちゃならないんだよ」

「でも、マネージャー」。グレーゴルはわれを忘れて叫んだ。興奮して、ほかのことは忘れた。「すぐ、いますぐ、開けますから。ちょっと気分が悪かったんです。めまいがして起きあがれなかった。まだベッドにいるんですが。もうすぐ元気になります。いま、ベッドから出るところです。ちょっとだけ待ってください。思ったほど治ってないのかな。でも、きっと大丈夫。いきなりこんな目に遭うなんて。きのうの晩はまあ元気だったんですよ。両親も知ってます。いや、精確に言うと、きのうの晩からちょっと予感があった。はた目でも、わかったはずです。どうして会社に届けなかったんだろう。でも病気なんて、家で寝なくたって治せるもんだ、って思いますからね。マネージャー、両親をあんまりいじめないでやってください。いま非難されたことは、どれも身に覚えのないことばかり。そんなこと言われたことがない。新しい注文、送ったんですけど、もしかして見てもらえてないのかな。それはそうと、8時の列車には乗って出かけます。2時間か3時間、休んだので元気になりました。さ、どうぞお帰りください、マネージャー。私もすぐ仕事にかかります。社長にはどうかよろしくお伝えください」

自分でなにを言っているのか、ほとんどわかっていないまま、こういうことを大急ぎで吐きだしながら、グレーゴルは、——ベッドでの練習の成果なのだろう——簡単にチェストに近づいていた。そしてチェストを支えにして立ちあがろうとした。実際にドアを開け、実際に自分の姿を見せて、マネージャーと話すつもりだった。みんなはグレーゴルを見たがっているのだが、この姿を見たら、なんと言うのか、それが知りたくてたまらない。もしも肝をつぶしたとしても、もうグレーゴルの責任ではないのだから、平然としていればいい。もしもみんなが平然と受けいれてくれるなら、こちらとしても動揺する理由はないわけで、急げば、8時には実際、駅に着くことができる。チェストがツルツルしているので、最初は何度かすべり落ちたけれど、最後に思い切ってはずみをつけると、まっすぐ立つことができた。下半身が焼けるように痛かったが、もう気になんかしていられない。近くにある椅子の背もたれに倒れかかり、その両端に細い脚をしっかりからませた。そうやって気持ちをコントロールできるようになったとき、口をつぐんだ。マネージャーの声が聞こえたからだ。「ひと言くらい、わかりました？」。マネージャーが両親にたずねている。「からかってるんでしょうかね、私たちのことを？」。「とんでもない」と母親が、もう泣き声になって叫んでいる。「もしかしたら大変な病気かもしれない。なのに、あたしたちがあの子を苦しめてる。グレーテ、グレーテ！」と、母親が悲鳴をあげた。「お母さん？」と、妹が反対側から呼びかけた。グレーゴルの部屋をはさんで話をしている。「おまえ、すぐお医者さんのところへ行って。グレーゴルが病気なの。急いでお医者さん呼んできて。グレーゴルがいましゃべってるの、聞いた？」。「動物の声でしたね」とマネージャーが言った。母親の悲鳴とは対照的に、びっくりするほど小さな声だ。「アンナ、アンナ！」と、父親が玄関ホールごしに台所にむかって怒鳴って、手をたたいた。「すぐに鍵屋、呼んでくるんだ」。するともう、ふたりの娘はスカートをばたばたさせながら玄関ホールを駆けて、――どうやって妹のほうはそんなに早く服を着たのだろうか——玄関のドアを勢いよく開けた。ドアの閉まる音はまったく聞こえなかった。大きな不幸が起きた家ではよくあることだが、開けっぱなしになっているのだろう。

グレーゴルのほうが、はるかに落ち着いてきた。しゃべった言葉はもう理解してもらえなかったが、自分には十分はっきりした言葉に聞こえた。さっきよりはっきりしているように思えたのだ。耳が慣れたせいかもしれない。しかしともかく、こちらの具合が普通でないことはちゃんと信じてもらえた。助けてくれようとしているのだ。きちんと確信をもってはじめて指図されたことが、うれしかった。人間の輪のなかに引き戻されたように感じた。医者と鍵屋には、じつは両者の区別がちゃんとつかないまま、驚くようなすばらしい仕事を期待した。決定的な話し合いが近づいてくるのに備えて、できるだけはっきりした声になっておく必要がある。そこで、すこし咳払いした。ただし声をひそめて。もしかするとその咳払いからして人間の咳払いとはちがった音がするかもしれないからだ。自分でその区別をつけてみる勇気もなかったけれど。そのあいだに隣の部屋はしーんと静まりかえっていた。もしかしたら両親がマネージャーといっしょにテーブルにすわって、ひそひそ話をしているのかもしれない。もしかしたらみんなでドアにもたれかかって、耳をすましているのかもしれない。

グレーゴルはからだをゆっくり椅子ごとずらしていき、ドアのところで椅子を離し、からだをドアに投げかけ、ドアにもたれてまっすぐに立ち――脚先の肉趾《パッド》にはちょっと粘りけがあった――、ほんの一瞬、これまでの疲れを休めた。それから口で鍵穴の鍵をまわす仕事にとりかかった。残念ながら、歯というものがないらしい。――なにで鍵を嚙めばいいのだろう？――歯がないかわりに当然、あごがとても頑丈にできている。あごを使って鍵を動かすことができた。だが、うっかりして、どこかを傷つけてしまったにちがいない。褐色の液体が口から流れて、鍵をつたって床にしたたった。「ほら」と、隣の部屋でマネージャーが言っている。「鍵、まわしてますよ」。その言葉にグレーゴルはとてもはげまされた。でもな、みんなが声をかけてくれてもいいじゃないか。父さんも、母さんも、「がんばれ、グレーゴル」って声をかけてくれてもいいじゃないか。「そうだ、その調子だ。しっかり、鍵、まわすんだ」とか言ってさ。息をのんで自分の奮闘が見守られていることを想像して、グレーゴルはありったたけの力をふりしぼり、われを忘れて鍵にくらいついた。鍵が回転していくのに合わせて、鍵のまわりをダンスした。いまは口だけでからだをまっすぐに支えているが、必要におうじて鍵にぶらさがったり、全身の重みをかけて鍵を押しさげたりした。ようやくカチッと鳴って、解錠された。その明るい鍵の響きがグレーゴルをしっかり目覚めさせた。ほっと息をつきながら思った。「鍵屋は必要なかったわけだ」。そして頭をノブにかぶせて、ドアを全開にしようとした。

そんなふうに開けるしかなかったので、実際、ドアは大きく開いていたのだが、グレーゴルの姿はまだ見えない。両開きのドアの片方をつたって、まずゆっくりまわってくる必要があった。しかも慎重にやらなければならない。部屋に入ろうとするとき、不格好にあおむけに倒れたくはない。そんなむずかしい動きの最中だったので、ほかのことに注意する余裕がなかった。そのときマネージャーが大声をあげた。「わあっ！」――風がごうっと吹いたかのようだ。――そしてマネージャーの姿が見えた。ドアのすぐそばにいたのだが、開いた口を手で押さえ、目には見えない均等な力に追い払われるかのように、ゆっくり後ずさりしている。母親のほうは――マネージャーが来ていたのに、夜ほどいたままの髪の毛を逆立てて――、両手を組み合わせてじっと父親を見つめてから、グレーゴルのほうに2歩むかい、まわりに大きくひろがったスカートのなかにしゃがみこんでしまった。顔は胸に沈めていてまったく見えない。父親は、敵意をむきだしにしてこぶしを固めた。グレーゴルを部屋に突き戻そうとしているかのようだ。それから、不安そうにリビングを見まわし、両手で目をおおって泣きだした。がっしりした胸板が震えている。

ところでグレーゴルはリビングには入らず、両開きのドアのうち、留め金をかけて固定されているドアのほうに内側からもたれかかっていた。だから胴体の半分と、その上で傾けた頭しか見えない。そんな格好でみんなのほうをうかがっていた。そうこうするうち、ずいぶん明るくなっていた。通りのむかい側には、えんえんと長くて、黒ずんだ建物――病院だ――の一部が、くっきり姿を見せていた。正面をえぐるようにして窓が規則正しく並んでいる。雨はまだ降っていた。一滴ずつ見えるほど大粒で、文字どおり一粒ずつ地面に打ちつけられていた。朝食の食器がぎっしりテーブルに並んでいる。父親にとって朝食は一日のうちいちばん大切な食事だったので、いろんな新聞を読みながら、何時間もかけて食べるのだ。ちょうど正面にあたる壁に、軍隊時代のグレーゴルの写真がかかっていた。少尉が軍刀に手をそえ、屈託なくほほ笑み、自分の姿勢と制服に尊敬を要求している。玄関ホールのドアが開いていた。リビングのドアも開いていたので、家の前にある踊り場と、下りの階段の最初の部分が見えた。

「さて」と、グレーゴルは言った。自分だけが冷静さを失っていない、ということがわかっていた。「すぐに服を着て、生地のサンプルをバッグに詰めて、出かけるからね。父さんも、母さんも、そうしてほしいんだろ？　ところで、マネージャー、いいですか、私、がんこ者じゃないですよ。働き者なんだ。セールスはつらいけど、セールスやらないと生きてけない。あれっ、マネージャー、どちらへ？　会社に帰るんですか。そうですよね。全部ありのままに報告してもらえますよね。いますぐ働くのはムリだけど、ちょうどこれもいい機会。これまでの成績を思い出してくださいよ。それにこの障害がなくなったら、もちろん、もっと熱心に仕事に集中しますからね。たしかに社長には大変お世話になってます。マネージャーもご存じでしょう。でもね、私としては両親や妹のことも心配しなくちゃならない。板ばさみです。しかし、なんとか抜けだしてみせます。だからこれ以上いじめないでくださいよ。会社じゃ、私の味方になってください。外回りのセールスは好かれちゃいない。たっぷりお金を稼いで、優雅に暮らしやがって、と思われてる。そういう偏見を改めてもらえるチャンス、あんまりないんですよね。でもマネージャーなら、ほかの従業員より事情がよくわかってらっしゃる。いや、それどころか、ここだけの話ですが、社長なんかよりよくわかってらっしゃる。社長は経営者という立場で、社員の不利になるような判断をしてしまいがちですからね。マネージャーならご存じでしょ。セールスマンはほとんど一年中、外回りだから、陰口や、思いがけない事件や、根も葉もない苦情の犠牲になりがちなのに、それに抵抗することがまるでできない。直接そんなのを耳にすることはまずないわけですから。それに、くたくたになってセールスから戻ってきたときにかぎって、身に覚えのないひどい結果をかぶることになっちゃうわけですから。マネージャー、帰っちゃう前に、なんか言ってくださいよ。おまえの言うこともちょっとは当たってるな、くらいは」

だがマネージャーは、グレーゴルが話しはじめるとすぐ背中をむけた。肩をすくめてふり返り、くちびるをすぼめて突きだし、グレーゴルのほうを見るだけだった。グレーゴルがしゃべっているあいだも、じっとしていることは一瞬もなく、グレーゴルから目を離さず、じりじりとドアのほうにむかっている。リビングから出てはならぬ、とひそかに禁止されているかのように、じつにゆっくりしたスピードだが、もう玄関ホールに出ていた。リビングを出る最後の1歩だけ、突然すばやくなった。たったいま足の裏をやけどしたのかと思えるほどだった。玄関ホールでは右手を階段のほうへぐっと突きだした。まるでそこで、超自然的な救いが自分を待ってくれているかのように。

グレーゴルはすぐに気づいた。マネージャーをこんな気分のまま帰らせるのは絶対にまずい。このままだとおれはクビにすらなりかねない。両親のほうは、事情がよくわかっていなかった。長い年月のうちに、グレーゴルがいまの会社で一生面倒をみてもらえるものだ、と確信していたし、おまけに目先の心配に気をとられ、将来のことなどまったく見通せない。だがグレーゴルにはその将来が見通せた。マネージャーを引き止め、安心させ、納得させ、最終的には味方につけなくてはならない。グレーゴルと家族の将来は、そこにかかっているのだ。ああ、妹がこの場にいてくれたなら！妹は利口だ。グレーゴルがまだベッドでおとなしくあおむけになっていたとき、もう泣いてくれていた。マネージャーは女に弱いから、きっと言いなりになっただろう。妹なら、玄関のドアを閉めて、玄関ホールで、怖がらなくても大丈夫ですよ、と説得してくれただろう。だが妹はここにはいない。グレーゴルが自分で交渉するしかない。自分の現在の運動能力がまったくわかっていない、ということを考えず、それどころか、自分の演説がもしかしたら、いや、おそらく理解されなかったのではないか、ということすら考えずに、もたれかかっていたドアから離れ、開いているドアを通って、マネージャーのところへ行こうとした。マネージャーはもう家の前の踊り場の手すりをおかしな格好でつかんでいる。だがグレーゴルは、からだを支えるものがなくなったので、あっと小さく叫びながら、すぐに倒れ、たくさんの細い脚で着地した。その瞬間、この朝はじめて、からだが楽だと感じた。たくさんの細い脚で、しっかり床に立っている。うれしいことに、脚は完全に思いのままに動く。それどころか、グレーゴルの行きたいところへ、運んでくれようとさえする。いますぐにも、苦しさがすべて消えてなくなるのだ、とすら思った。だがその瞬間、母親のそばを通ることになった。動きをゆるめたので、からだが揺れる。母親の真正面で床に寝そべった。母親は完全に自分のなかに閉じこもっていたようだが、急に立ちあがり、腕をいっぱい伸ばし、指をひろげて、「ギャーッ、助けて、助けて！」と叫んだ。グレーゴルをもっとよく見ようとするかのように首を伸ばしたが、それとは逆に、あわてて後ろにとんだ。背後に食器を並べたテーブルのあることを忘れていた。テーブルにぶつかると、放心したように大急ぎでその上にすわりこんだ。尻のそばで大きなポットがひっくり返り、コーヒーがぼたぼたカーペットにこぼれているのにも、まったく気づいていないらしい。

「母さん、母さん」。グレーゴルは小声で言って、母親を見あげた。マネージャーのことは一瞬、脳裏から消えていた。そのかわり、こぼれているコーヒーを目にすると、何度もあごをむなしくパクパクさせてしまった。それを見て母親がまた悲鳴をあげ、逃げるようにテーブルを離れ、とんできた父親の腕に倒れこんだ。しかしグレーゴルには両親をかまっている時間がない。マネージャーはもう階段を降りはじめている。

あごを手すりにのせて、最後にもう一度ふり返った。絶対につかまえてやるぞ、とグレーゴルが突進した。マネージャーは、悪い予感がしたにちがいない。数段を一気にとび降りて、姿を消したのだ。「ひゃあっ！」という悲鳴が、階段じゅうに響いた。マネージャーが逃げたことが、それまでどちらかといえば冷静だった父親までをも、残念ながら、すっかり混乱させたらしい。なにしろ自分でマネージャーを追いかけるかわりに、いや、すくなくともグレーゴルが追跡するのを邪魔しないかわりに、右手で、マネージャーが帽子とコートといっしょに椅子に置いていったステッキをつかみ、左手で、テーブルからひろげたままの新聞をつかみ、足を踏み鳴らしながら、ステッキと新聞をふりまわして、グレーゴルを部屋に追い返そうとしたのである。グレーゴルが頼んでもムダだった。頼んでいる言葉も理解されなかった。どんなにへりくだって首をまわしても、父親は、どしんどしんと足を踏み鳴らすばかりだった。むこう側では母親が、寒い天気なのに窓を開けはなっていた。身を乗りだして、窓の外にぐいと突きだした顔を両手に押しつけている。通りと階段口のあいだを強い風が吹き抜け、窓のカーテンがめくれあがり、テーブルの新聞ががさがさ音を立て、何枚かがバラバラになって床に飛ばされた。容赦なく父親がせまってくる。シュッシュッと言って、野蛮人みたいだ。ところでグレーゴルは後ろむきに歩く練習などやったことがない。実際、のろのろ後ずさりするしかなかった。もしも方向転換をしてもよかったなら、すぐに自分の部屋に戻っていただろう。だが方向転換にもたつけば父親がいらいらする。それが怖かった。いつなんどき、父親のにぎっているステッキが背中や頭にふりおろされて、殺されてしまうかもわからない。とうとうグレーゴルはどうしようもなくなった。気がついてギョッとしたのだが、後ろむきに歩くと方向さえわからなくなってしまう。そこで、恐る恐る横目で父親をずっと見ながら、できるだけ速く、実際はじつにのろのろと、方向転換をはじめた。もしかすると父親もグレーゴルの正しい判断に気づいてくれたのかもしれない。方向転換の邪魔をしないだけでなく、離れたところからステッキの先であれこれリードしてくれたのだ。ただ、シュッシュッと言うのだけは勘弁してもらいたかった。それを聞くと頭がおかしくなってしまう。ほとんど方向転換が終わっていたのに、ずっとシュッシュッが耳について勘違いをし、ちょっと逆戻りをすることさえあった。しかしようやく無事に頭をドアの開口部にむけたとき、そのままドアを通り抜けるには、胴体が大きすぎることがわかった。もちろん、いまの状態の父親には、固定しているもう一方のドアの留め金をはずして、グレーゴルが通過するのに十分なスペースをつくってやろうなどと思いつくわけがない。グレーゴルを一刻も早く部屋に追い返さねば。それだけが父親の固定観念なのだ。グレーゴルが立ちあがれば、そのままの姿勢でドアを通過できるかもしれないのだが、そんな手間のかかる準備など絶対にさせてくれなかっただろう。むしろ父親は、なんの障害もないじゃないかと言わんばかりに、グレーゴルを特別の音で駆りたてている。グレーゴルの背後で響いているのは、たったひとりの父親の声だけとは思えなかった。実際、のんびりしている場合ではない。グレーゴルは——どうにでもなれと思って——胴体をドアに押しこんだ。胴体の片側がもちあがり、ドアの開口部に胴体が斜めにはさまり、片方の脇腹がずるっとすりむけて、白いドアに醜いしみがついた。まもなく胴体がすっぽりドアにはさまって、ひとりでは身動きできなくなってしまった。片側の脚たちは宙に浮かんでひくひく動き、別の側の脚たちは床に押しつけられて痛そうだ。——そのとき父親が後ろから強く押してくれた。まさに救いの一発。グレーゴルはひどく出血しながら、部屋の奥まで飛ばされた。ドアがぱたんと閉められた。あいかわらずステッキで。そしてついに静かになった。

Ⅱ

日が暮れかけてはじめてグレーゴルは、失神に似た重い眠りから目覚めた。なにかに起こされなくても、きっとそのうち目覚めていただろう。たっぷり眠り、たっぷり休んだ気分だった。だが、せかせかした足音と、玄関ホールに通じるドアをそうっと閉める音で目を覚ましたらしい。電気の街灯が、天井と家具の上部のそこかしこに青白い光を落としている。だがグレーゴルの寝そべっている床は、まっ暗だった。ゆっくり這いだした。いまごろになってありがたみがわかるようになった触角で、まだぎこちなく探りながら、ドアにむかった。どういうことがそこで起きたのか、確かめようと思ったのである。左の脇腹は、長い１本の傷痕《きずあと》みたいだ。引きつって気持ちが悪い。２列に並んだ細い脚で歩くのだが、規則正しくバランスがくずれる。それはそうと午前中の事件で１本の脚が重傷を負った。――負傷したのが１本だけというのは奇蹟のようだが――その脚が死んだように引きずられていく。

ドアのそばに来てはじめて、なぜおびき寄せられたのか気がついた。食べ物のにおいがしたからだ。ボウルに甘いミルクがいっぱい入っていて、ミルクに白パンの小さなスライスが浮かんでいる。うれしくて笑いがこみあげてきた。朝よりもっとお腹が空いていたからだ。すぐに顔をミルクのなかに、目がつかりそうになるくらい突っこんだ。だが、じきにがっかりして顔を引きあげた。左の脇腹が傷ついているので食事をとるのが大変なのだ――全身でハアハア息をしながらでなければ食べることができない――。おまけにミルクがまったく口に合わない。これまで好物だったし、だからこそきっと妹が用意してくれたはずなのだが。ほとんど嫌悪すら感じながらボウルから顔をそむけ、這って部屋のまん中に戻った。

グレーゴルがドアのすき間から見たところ、リビングにはガス燈がともされている。

しかしいつもこの時間なら、父親が、午後に出た新聞を母に、ときには妹にも大きな声で読んで聞かせているのだが、いまは物音ひとつしない。読み聞かせの習慣のことは、いつも妹が話したり、手紙に書いたりしていたが、もしかすると最近はやめてしまったのかもしれない。しかしまわりも静まりかえっているが、家に誰もいないはずはない。「なんて静かに暮らしてるんだろう、この家は」と、グレーゴルは思った。闇のなかをじっと見ているあいだに、大きな誇りを感じた。両親と妹にこんなにいい家でこんな暮らしをさせてやっているのは、この自分なのだ。しかしこんなに静かで、こんなに豊かで、こんなに満足した生活が、これから恐ろしい結末をむかえるとしたら、どうなるのだろうか。そんなことで頭を悩ませないために、グレーゴルはむしろからだを動かし、部屋のなかを這いまわった。

長い晩のあいだに一方の側面のドアが一度、もう一方の側面のドアが一度、細めに開けられ、大急ぎですぐ閉められた。誰かが入りたくなったのだろうが、心配のほうが大きすぎたのだ。グレーゴルはリビングのドアのそばで待ちかまえた。入るのをためらってる人間をなんとか入れてやろうと決めたのである。すくなくとも、それが誰なのか、突きとめようと思った。だがドアはもう開けられなかった。グレーゴルはむなしく待った。朝、ドアに鍵をかけていたときは、みんなが入りたがった。いま、ひとつのドアはグレーゴルが開けたわけだし、ほかのドアも昼のあいだに開けられたようだが、もう誰も入ってこない。そしてどの鍵も外から差しこまれている。

夜遅くになってようやくリビングの明かりが消された。すぐわかった。両親と妹はこんなに遅くまで起きていたのだ。いま、3人が足音を忍ばせて去っていくのが、手にとるように聞こえる。さあ、これで朝まで誰もグレーゴルのところにはやってこないはずだ。とすると、たっぷり時間があるから、これからの人生をどうやってはじめるか、邪魔されずに考えることができる。しかし天井の高い、がらんとしたこの部屋で仕方なく床に這いつくばっていると、理由はわからないが不安になってくる。なにしろこの部屋には5年前から住んでいるのだ。——なかば無意識に向きを変え、ちょっと照れくさい思いをしながら、急いで長椅子の下にもぐりこんだ。すこし背中がつかえるけれど、頭をあげることもできないけれど、すぐに居心地がよくなった。ただ残念なことに、からだの幅がありすぎて、長椅子の下からはみだしてしまう。

そこでひと晩をすごした。ときにはうとうとしたが、そのたびに空腹に驚かされて目が覚めた。ときには心配したり、ぼんやり希望をもったりしたが、いつも結論はおなじだった。とりあえずおとなしくしているしかないか。がまんして、できるだけ気をつかおう。そうやって、家族にはこの不愉快な状況を耐えてもらうしかない。なんといっても、こんな姿になって不愉快な思いをさせちゃってるんだから。

つぎの日の明け方、といってもまだほとんど夜だったが、早くもグレーゴルに、固めたばかりの決心の強さをチェックする機会が訪れた。玄関ホールのほうから、ほぼ完全に服装をととのえた妹がドアを開け、緊張したようすでのぞきこんだのだ。すぐには見つけられなかったが、長椅子の下にいるグレーゴルに気づいたとき——やれやれ、どこかにいるしかないじゃないか。飛んで逃げるわけにはいかないんだから——、肝をつぶし、うろたえて、外からドアをぱたんと閉めた。しかしそんな態度を後悔したのか、またすぐドアを開け、まるで重病人の、いや、まったく知らない人の部屋であるかのように、足音を忍ばせて入ってきた。グレーゴルは長椅子の端ぎりぎりのところにまで顔を出して、観察した。妹のやつ、気がつくかな、ミルク、そのままにしてるの。それも腹がへってなかったからじゃない、って？　ほかの食べ物、もってきてくれるかな。口に合うやつを。妹が自分からそうしてくれないのなら、妹に気づかせたりするより、飢え死にしたほうがましだ。とはいえ、じつはグレーゴルはうずうずしていた。長椅子の下からさっと飛びだし、妹の足もとにひれ伏し、なにかうまいものを食べさせてくれと頼みたかったのだ。しかし妹は、すぐに気づいて不思議そうな顔をした。ボウルにはミルクがまだいっぱい入っていて、まわりにちょっとこぼれていた。すぐにボウルをもちあげた。それも素手ではなく、ぼろ布でつかんで、運びだしたのだ。かわりになにをもってきてくれるのか、グレーゴルはとても気になった。あれこれ想像をたくましくした。しかし、親切な妹が実際にしてくれたことは、想像を超えたものだった。グレーゴルの好みをチェックするため、いろんなものを古新聞に全部のせてもってきたのだ。腐りかけの古い野菜。夕食で残った、ホワイトソースのこびりついた骨。何粒かのレーズンとアーモンド。２日前、グレーゴルが「まずくて食えない」と言ったチーズ。パサパサになったパン。バターをぬったパン。バターをぬった塩味のパン。それだけではない。グレーゴル専用と決めたらしいボウルには、水が入っていた。やさしい妹は、自分がいると食べにくいだろうと気づかって、大急ぎでその場を離れ、鍵までかけて出ていった。ただグレーゴルに、好きなように食べればいいんだ、と知らせるためにである。さあ、いよいよ食事だ。グレーゴルの細い脚たちがひくひくふるえた。ところで、あちこちの傷が完全に治ったにちがいない。なんの不自由も感じないのである。そのことに驚きながら、1か月以上も前のことを思い出した。ナイフで指をほんのちょっと切っただけなのに、おとといまで傷はしっかり痛んでいたのだ。「繊細じゃなくなったんだろうか」と思いながら、もうがつがつチーズにかじりついていた。ほかのどの食べ物よりもまっ先に食欲をそそられていたのだ。チーズ、古野菜、こびりついたホワイトソース。急いでつぎつぎに、うれしさのあまり目に涙をためて、むさぼるように食べた。逆に、新鮮な食べ物は口に合わなかった。においにさえがまんできない。食べたいものは、ちょっと離れたところにまで引きずっていって食べたほどだ。とっくの昔にそれらをたいらげて、その場にだらしなく寝そべっていると、妹がゆっくり鍵をまわした。「さあ、戻りましょうか」という合図だ。グレーゴルはうとうとしかかっていたのだが、びっくりして起きあがり、急いで長椅子の下にもぐりこんだ。だが、たとえ短時間にせよ、妹が部屋にいるあいだ、長椅子の下にじっとしているのは、大変な苦労だった。たっぷり食べてお腹がぽこっと突きだしていたため、窮屈でほとんど息ができない。軽い窒息の発作に苦しみながら、ちょっとふくらんだ涙目で妹をながめていた。そんなこととはまるで知らずに妹は、ほうきで、食べ残しだけでなく、グレーゴルが手もつけなかった食べ物まで、こんなもの要らないな、という調子でかき集めている。全部をさっさとバケツにぶちこみ、木のふたをして、外に運びだした。妹が背中を見せるとすぐに、グレーゴルは長椅子からとびだし、からだを伸ばして、大きく息を吸った。

こうしてグレーゴルは毎日、食事をもらうようになった。1回目は朝で、両親と女中がまだ寝ているとき。2回目は、みんなの昼食後で、このときには両親はしばらく昼寝をして、女中のほうは妹になにか用事を言いつけられて外出している。もちろんみんな、グレーゴルが飢え死にするのは望んでいなかったけれど、もしかすると、グレーゴルが食事するのをじかに聞くのが耐えられなかったのかもしれない。それはわずかな悲しみにすぎないかもしれないが、もしかすると妹もみんなには味わわせたくなかったのかもしれない。実際みんな、十分に苦しんでいるのだから。

どんな口実であの日の午前中、医者と鍵屋に帰ってもらったのか、グレーゴルは知ることができなかった。グレーゴルの言うことは理解されなかったので、誰も、妹ですら、グレーゴルにはみんなの言うことがわかるとは思わなかった。妹が部屋に来たときに、ときどきため息をついたり、聖人の名前を口にしたりしているのを聞くだけで満足するしかなかった。ようやく後になって、妹がいろんなことにちょっと慣れてから——完全に慣れるなどということはもちろん論外だったが——、ときどきグレーゴルは友好的な言葉や、友好的だと解釈できる言葉を耳にすることができた。「きょうはおいしかったんだ」と言われるのは、グレーゴルが食事をたいらげたときだ。逆の場合もしだいにふえていった。悲しそうな顔でよく言われたのが、「あら、またみんな残しちゃったか」である。

直接グレーゴルは新しい情報を知ることはできなかったけれど、隣の部屋からこっそり聞くこともあった。声が聞こえるとすぐ、声のするドアのところに急いで、全身をドアに押しつけた。とくに最初のころの会話は、遠回しの言い方であっても、ともかくグレーゴルが話題になっていた。２日間、食事のときはいつも、これからどうするべきか相談していたし、食事と食事のあいだでもおなじ話題だった。いつもすくなくともふたりが家にいたのである。なにしろ、ひとりだけでは家にいたくなかったのだろうし、絶対に家を空けるわけにはいかなかったのだから。女中も最初の日にすぐ——なにをどれくらい事件について知っているのか、はっきりしていないのだが——、ただちに暇をもらいたいと、母親にひざまずいて頼んだ。その15分後に家を出ていくとき、解雇してもらったことこそ、これまでこの家で受けた最大の恩恵なのだと、涙を流しながら感謝した。そして頼まれもしないのに、誰にもひと言も漏らしませんと、ものすごい剣幕で誓った。

こうして妹は、母親といっしょに台所仕事もしなくてはならなくなった。だが大した苦労ではなかった。誰もほとんど食べなかったからである。何度もグレーゴルにはやりとりが聞こえた。誰かが誰かに食べるようにすすめても、むなしく、「いや、お腹いっぱいだから」という返事しか返ってこない。アルコールもぜんぜん飲まないのかもしれない。しばしば妹は父親に「ビール、どう？」とたずねた。「あたし、買ってきてもいいよ」とやさしく言うのである。父親が黙っていると、遠慮しないように気をつかって、「管理人さんに頼んで、買ってきてもらうこともできるんだけど」と言う。すると父親もついに大きな声で「いらない」と言って、ビールの話がうち切られる。

最初の日のうちに父親は、全財産の状況と見通しを母親にも妹にも説明した。ときどきテーブルから立ちあがって、ヴェールトハイム社製の小型金庫から証書やら覚書を出してくる。5年前に父親が倒産したとき、なんとか手もとに残しておいた金庫だ。複雑な錠を開けて、探していたものを取りだすと、また錠をかける音が聞こえる。父親の説明は、ある意味では、グレーゴルが閉じこめられて以来はじめて耳にする朗報だった。あの倒産で父親にはなにも残らなかったとグレーゴルは思っていたのだ。すくなくとも父親からは、残ったという話を聞いたことがない。グレーゴルも面とむかってたずねたりしなかった。当時のグレーゴルが配慮したのは、ただひとつ。どんなことをしても、家族全員を絶望のどん底に突き落とした倒産のことを、できるだけ早く忘れさせることだった。だから当時は、火の玉のように働きはじめ、ほとんど一夜にして、しがない店員からセールスマンになったのである。セールスマンになると当然、まったく別のお金の稼ぎ方ができるわけで、成功報酬は歩合制ですぐ現金に変身するから、家に帰ってテーブルに置くと、家族を驚かせ、喜ばせることができた。すばらしい日々だった。その後、ふたたびあの日々の輝きが戻ることはなかったけれど、グレーゴルはそれからもお金をたくさん稼いだので、家計を支えることができたのだし、いまも支えているのだ。だがそのことに家族も、グレーゴルも慣れてしまった。お金は感謝して受けとられ、グレーゴルも喜んで渡す。しかし特別のぬくもりが生まれることはなくなった。けれども妹だけはまだグレーゴルの近くにいた。グレーゴルとちがって音楽が大好きで、胸を打つようなヴァイオリンを弾くことができる。この妹を来年、音楽学校に入れてやろうとひそかに考えていた。ずいぶんお金がかかるにちがいないが、それは構わない。別の方法で費用はめどがつくはずだった。グレーゴルがこの町にちょっとだけ滞在しているとき、妹と話をすると、しばしば音楽学校のことが話題になった。だがそれはいつも、すばらしい夢にすぎなかった。夢が実現するなどとは考えられなかった。両親はこの無邪気な話題を耳にすることすら好まなかった。しかしグレーゴルは本気だった。クリスマスイブに晴れやかに発表するつもりだった。

現状でそんなことを考えてもなんの役にも立たないのに、直立してドアに貼りついて耳をすませながら、あれこれ考えた。全身がくたびれて立ち聞きすることができなくなり、頭をうっかりドアにぶつけてしまうこともあったが、すぐ首をちゃんと伸ばした。そんなことで小さな音がしても、隣の部屋に聞こえて、みんなが黙ってしまうからだ。「あいつ、また、なにやってんだ」。しばらくして父親が言った。どうやらドアのほうをむいているらしい。そうしてようやく、中断していた会話がじょじょに再開されるのだった。

いまになってグレーゴルはちゃんとわかった。——というのも父親は説明を何度もくり返すくせがあったからだ。それは父親自身、こういう問題に長いあいだ無頓着だったからであり、また母親が、一度にすぐ全部が理解できるわけではなかったからでもある。——つまり、いろんな不幸にもかかわらず、もちろんわずかな額ではあるが昔の財産がまだ残っており、手をつけていないその利息がこの間すこしだが増えているのだ。それだけではない。グレーゴルは毎月、家にお金を入れていたのだが——自分の手もとにはほんの2、3グルデンしか残しておかなかった——、そのお金がすっかり使い果たされていたわけではなく、残った分は貯金され、ささやかな資本となっていたのだ。グレーゴルはドアの後ろで、しきりにうなずいた。思ってもいなかった用心深さと倹約ぶりを喜んだ。実際、そういう余分のお金があったのなら、父親の借金をもっと早く社長に返すことができていただろう。そうすれば、いまの勤めをやめられる日もうんと近くなっていただろう。だがいまとなっては、父親のやっていた手はずのほうが、明らかによかった。

ところでその金額では、とても家族が利息で食べていくことなどできない。1年か、せいぜい2年のあいだ家計を支えられる程度で、それ以上はムリだった。つまり、そもそも手をつけてはならないお金であり、緊急の場合に備えておくべきお金にすぎなかった。生活費を稼ぐ必要があった。となると、父親である。健康だが、年をとっている。働かなくなって5年にもなるが、いずれにしてもムリがきかない。この5年間は、父親にとって、苦労ばかりで報われることのなかった人生の、最初の休暇だったわけで、たっぷり脂肪がつき、おかげですっかり動きが鈍くなってしまっている。となると、年をとった母親にお金を稼いでもらうことになるのか。ぜんそくの母親は、家のなかを歩きまわるだけでも大変で、1日おきに呼吸が苦しくなって、開けた窓のそばのソファーですごしている。となると、妹にお金を稼いでもらうことになるのか。17歳の妹はまだ子どもで、これまで優雅な生活をさせてもらってきた。かわいい服を着て、寝坊をして、家事を手伝い、ささやかな催し物に何度か参加し、そしてヴァイオリンを弾くことがなによりの楽しみという暮らしだった。家計の話になると、とりあえずグレーゴルはいつも、もたれていたドアから離れ、ドアの横にある冷たい革のソファーに倒れこんだ。恥ずかしさと悲しさのため、からだが熱くてたまらなかったからだ。

そのソファーでひと晩中、寝そべっていることがよくあった。一睡もせず、何時間もひたすらソファーの革をひっかいていた。寝そべらないときは、大変な苦労にもかかわらず、椅子を窓のところまで押していき、窓の腰壁を這いあがり、椅子でからだを支えて窓にもたれかかった。明らかにそれは、以前、窓から外をながめて求めた解放感をなんとか思い出すためにすぎなかった。実際、日を追うごとに、ほんのちょっとしか離れていないものでさえ、ぼんやりとしか見えなくなってきている。むかい側の病院は、いやというほど目につくので以前は疎ましかったが、いまではまったく見えなくなった。自分の家が、静かだけれど市内のまん中にあるシャルロッテン通りにあるということがちゃんとわかっていなかったなら、この窓から見えているのが砂漠だと信じてしまうところだ。灰色の空と灰色の地面がひとつになって区別がつかない。注意深い妹は2回しか、椅子が窓のそばに寄せてあったのを見ていないはずだが、それからは部屋を掃除したあと毎回、椅子をぴったり窓のところに寄せた。それどころか、二重窓の内側のほうの窓も開けたままにしておいてくれるようになった。

妹と話ができて、こうして世話をしてくれていることにお礼が言えさえすれば、グレーゴルは、もっと楽にがまんできただろう。だがそうではなかったので苦しかった。もちろん妹は、つらいそぶりはできるだけ見せようとせず、時とともに当然、ますますうまく隠せるようになったが、グレーゴルのほうもしだいにすべてをもっと精確に見抜けるようになっていた。妹が入ってくるだけで、怖かった。入ってくるやいなや、いつもは誰にもグレーゴルの部屋を見せないように注意しているくせに、ドアを閉めるのすらもどかしそうに、まっすぐ窓まで駆けていき、まだ寒い日であっても、しばらく窓のところで深呼吸をするのだった。妹のこのドタンバタンでグレーゴルは毎日2回、びくっとさせられた。そのあいだずっと長椅子の下でふるえているのだが、グレーゴルにはよくわかっていた。妹だってそんなことはしたくなかった。だが、窓を閉めたままグレーゴルの部屋にいることはできなかった。

あるとき、グレーゴルが変身してからもう1か月がたち、グレーゴルの姿を見ても妹が驚く特別の理由もなくなっていたころ、妹がいつもよりちょっと早くやってきて、グレーゴルを目撃した。そのときグレーゴルはまだ、ギョッとするような直立不動の姿勢で、窓の外をながめていた。妹が入ってこないということを、グレーゴルは考えないわけではなかった。そんな格好だと妹の邪魔になって、すぐに窓が開けられないからである。だが妹は入ってこなかった。それどころか後ろにとびのき、ドアまで閉めた。知らない人が見たら、それこそグレーゴルが待ち伏せしていて、妹に噛みつこうとしたのだと思っただろう。グレーゴルはもちろんすぐ長椅子の下に隠れたが、妹はお昼になるまで戻ってこなかったし、いつもよりずっと落ち着きがないように見えた。グレーゴルは気がついた。妹のやつ、あいかわらずおれの姿に耐えられないんだ。これからもずっと耐えられないにちがいない。ほんのちょっとからだが長椅子からはみだしているだけなのに、それが目に入っても逃げださないでいるためには、ものすごい努力が必要なんだろうな。自分の姿を妹が見ないですむように、ある日、背中にシーツをのせて――4時間がかりの仕事だった――、長椅子にかぶせて、全身がすっぽり隠れるようにした。こうすると、妹がかがみこんでも、グレーゴルのからだは見えなくなる。こんなシーツは不要だと妹が思うなら、はずしてしまうこともできただろう。グレーゴルが好きで全身を隠しているわけでないことくらい、明らかだったのだから。だが妹はシーツをはずさなかった。それどころか、あるときグレーゴルがそうっと頭でシーツを少しもちあげて、この新しい工夫を妹がどう感じているのか様子を確かめてみたら、目には感謝の色さえ浮かべていた気がするのだった。

最初の2週間、両親はグレーゴルの部屋に入る気にならなかった。現在の妹の働きぶりをふたりがほめそやしているのが、しばしば耳に入ってきた。これまで妹は、役に立たない娘にしか思われていなかったので、しょっちゅう怒られていたのだ。しかしいままでは、妹がグレーゴルの部屋を片づけているあいだ、しばしばふたりは、つまり父親と母親は、ドアの前で待ちかまえていて、妹が出てくるやいなや、根ほり葉ほり質問するのだった。部屋のなかはどんな具合だった？　グレーゴルはなにを食べた？　ちょっとはよくなってるみたい？　ところで母親のほうはわりあい早くグレーゴルに会いたいと思うようになった。しかし父親と妹が最初のうち、もっともらしい理由を並べて引きとめた。グレーゴルはその理由を注意深く聞いていたが、どれももっともだと思った。しかし後になると力ずくで引きとめなくてはならなくなった。「行かせてよ、グレーゴルのところに。不幸な息子なんだから。わかんないの？　行ってやらなきゃならないって」と叫んでいるのが聞こえると、グレーゴルとしては、母親に入ってきてもらったほうがいいかもしれないと思った。もちろん、毎日じゃなく、週に1回くらいなら。どんなことでも妹よりずっと心得ていたのだから。勇気はあるが妹はまだ子どもにすぎない。結局、こんな大変な仕事を引き受けたのも、子どもの軽はずみからにすぎなかったかもしれない。

母親に会いたいというグレーゴルの願いは、まもなく実現した。両親の気持ちを考えただけで、グレーゴルは、昼間は窓のそばに姿を見せるのをひかえた。しかし2、3平方メートルの床では大して這いまわれない。じっと寝そべっているのは、夜のあいだだけでたくさんだ。食事は、やがてまったく楽しみではなくなった。そこで気晴らしに、壁や天井をあちこち這いまわるようになった。とくに天井にぶらさがっているのが好きだった。床に寝そべっているのとは大ちがい。呼吸が楽になる。からだ全体が軽く揺れている。高いところにいて幸せでうっとりしていると、ときどき、床にパタンと落ちて、自分でもびっくりすることがある。だがいまは、もちろん以前とちがって、からだをうまくコントロールすることができるので、こんなに高いところから落ちても、けがをすることがない。妹は、グレーゴルが自分で見つけた新しい遊びにすぐ気がついた。——なにしろグレーゴルが這うと、ネバネバした足跡があちこちに残るのだ。——そこで、グレーゴルが這いまわるスペースを最大限ひろくしてやろうと決めた。つまり、邪魔な家具、とりわけチェストと机をのけてやろうと考えたのである。しかし自分ひとりではできない相談だ。父親に頼むわけにはいかない。女中は絶対に手伝ってくれないだろう。その16歳ほどの女中は、前の料理番の女中がやめてからずっと健気《けなげ》に働いてくれていたけれど、そのかわり、台所はずっと閉めたままで、呼ばれたときにだけ開ければいい、ということにしていたのだ。だから妹は、父親の留守を見はからって、母親に手伝ってもらうしかなかった。大声ではしゃぎながら母親はやってきたが、グレーゴルの部屋のドアの前に来ると黙ってしまった。最初にもちろん妹が、部屋に異状はないかチェックした。それからはじめて母親を入れた。グレーゴルは大急ぎでシーツをいつもより深くかぶり、シーツにたくさんしわを寄せておいた。実際それは、たまたま長椅子にかぶせられたシーツにしか見えなかった。グレーゴルは今回は、シーツの下からのぞくのもやめた。今回は母親の顔を見るのはあきらめて、母親が来てくれたことだけで満足することにした。「さあ、ほら。見えないからね」と妹が言った。どうやら母親の手を引いているらしい。それからグレーゴルの耳に、か弱いふたりの女が、いずれにしてもずっしりと重くて古いチェストを動かしているのが聞こえた。ムリしてるんじゃないのかな、と心配する母親の声を無視して、妹がずっと仕事の大部分をやっているらしい。ずいぶん時間がかかっている。

おそらく15分も仕事をしてから、母親がこんなことを言った。やっぱりチェストはこのままにしておこうか。なんといっても重すぎるから、父さんが帰ってくる前には終わらないでしょ。それにさ、部屋のまん中にチェストがあると、どこ歩いてもグレーゴルの邪魔になるじゃない。それからね、家具をこんなふうに動かしても、グレーゴルの気にいるかどうか、まったく見当がつかない。どうも逆じゃないかって思うのよ。なんにもない壁を見るほうが気が重くなっちゃうわ。グレーゴルだって、そんな気分になるんじゃないかな。だってこの部屋の家具には昔から慣れているんだし、だから、空っぽの部屋だと見捨てられた気分になるでしょ。「それにさ、どうなのかな」と母親は最後に、ほとんどささやくような声で言った。グレーゴルの精確な居場所を知らないのだが、自分の声が響くのを聞かれることさえ避けたいと思っているかのようだ。グレーゴルは言葉が理解できない、と母親は確信していたのである。「それにさ、どうなのかな。家具をのけるって、意思表示みたいなものでしょ。回復する希望はきっぱり捨てました。あの子のことなんて知りません、と。一番いいのは、この部屋をそっくり以前のままにしておくことじゃないかしら。そうしておけば、グレーゴルがあたしたちのところに戻ってきたとき、なにも変わってないと思うでしょう。そのあいだのことだって、そのぶん楽に忘れられるはずだし」

母親の言葉を聞いていて、グレーゴルは気がついた。この2か月、家族に囲まれていたとはいえ単調な生活で、人から直接話しかけられることがまるでなかったため、判断力がおかしくなってしまったのだ。そう考えれば、部屋を空っぽにしてもらいたいと本気で望んだことも、自分に説明がついた。先祖代々の家具を気持ちよく置いた、ぬくもりのある自分の部屋を空洞に変身させてもらいたい、と本気で思っているのだろうか。そうすればもちろん、どの方向にも邪魔されずに這っていけるけれど、同時にまた、人間だった自分の過去をあっという間にすっかり忘れることになるのではないか。いまだってもう忘れかけていた。しばらく耳にしていなかった母親の声だけが、グレーゴルを揺さぶって目覚めさせてくれたのだ。なにひとつのけるべきじゃない。みんなそのままでなくちゃ。家具は自分の容体に、なくてはならないよい影響をあたえてくれる。もしも家具に邪魔されて、意味もなく這いまわることができなくなっても、マイナスじゃなく、大きなプラスなのだ。

いしてだが妹は残念ながら別の意見だった。グレーゴルの問題を相談するとき、両親にたいして専門家のような顔をする癖がついていたが、ある意味では当然のことだった。今回も母親が提案したおかげで、妹は別の意見をもつようになった。最初ひとりで考えたときは、チェストと机をのけてやろうと思ったわけだが、それだけではなく家具は全部のけてしまおうと主張したのである。なくてはならない長椅子は例外にして。そんな要求をすることになったのは、もちろん子どもの意地というだけではなく、このところ思いがけず大変な思いをして身につけた自信のせいでもあった。なんといっても実際に観察した結果なのだ。グレーゴルには這いまわるためにたくさんのスペースが必要だが、逆に家具のほうは、妹の見たかぎり、これっぽっちも使っていない。もしかしたらその主張には、その年頃の女の子に特有の熱中癖も作用していたのかもしれない。なにかに興味をもつと、どんな機会にも最後まで追いかけないと気がすまないので、グレーテとしては今回、グレーゴルの状況をもっと恐ろしいものにしたくてたまらなくなったのだ。そうすればこれまで以上に兄にサービスすることができる。なにしろ、グレーゴルがなにもない壁をたったひとりで占領している空間なら、もうグレーテ以外、誰ひとり入ろうなどとはしないだろう。

というわけで妹は、母親に言われても決心を変えなかった。母親のほうはこの部屋にいると不安でたまらず、まもなく口をきかなくなり、妹がチェストを出すのを懸命に手伝った。ところでチェストなら、いざとなればグレーゴルもなしですますことができる。だが机となると、絶対にないと困る。女ふたりがハアハア言いながらチェストを押して部屋を出るやいなや、グレーゴルは頭を長椅子の下から突きだして、慎重に、できるだけ穏便に阻止する手はないか考えた。だが運悪くそのとき母親が先に戻ってきた。グレーテのほうは隣の部屋でチェストをかかえ、ひとりで左右に揺さぶっていたが、もちろんその場からびくとも動こうとしない。母親はグレーゴルの姿を見慣れていないので、グレーゴルを見ると病気になってしまうかもしれない。びっくりしたグレーゴルは後ろむきのまま、長椅子の下の反対側に隠れたのだが、そのとき、シーツの前のほうをちょっと揺らしてしまった。それで十分だった。母親は気がついた。足を止め、一瞬、直立不動の姿勢になってから、グレーテのところに戻った。

グレーゴルは自分に言い聞かせた。変なことが起きてるわけじゃないぞ。家具をいくつか動かしてるだけなんだ。そうくり返したけれど、しばらくしてグレーゴルも認めざるをえなくなった。ふたりが歩きまわり、短い言葉をかけ合ったり、床を家具がひっかいたりする音が、あらゆる方向から湧きあがり大騒音のように感じられるのだ。しっかり首をすくめ、脚をちぢめ、胴体を床に押しつけてみたのだが、弱音を吐いてしまう。ああ、もうダメだ。ふたりがグレーゴルの部屋を片づけている。愛着のあるものがみんな取り上げられていく。糸ノコなど道具の入ったチェストは、もう運び出されてしまった。床にしっかりすえつけてある机が、いま揺さぶられている。商業学校のとき、中学のとき、いや、小学校のときから宿題をやった机だ。——だがグレーゴルにはもう、ふたりの善意を確かめる時間がなくなっていた。ふたりの存在そのものをほとんど忘れていた。くたくたのふたりは、もう口もきかずに働いていたからだ。ふたりの重い足音しか聞こえなかった。

そして、ついにとびだした。——ちょうどふたりが隣の部屋で机にもたれかかって、ひと息ついているところだった。——グレーゴルは歩く方向を4回変えた。最初になにを救うべきか、じつはわからなかった。そのとき、すっかり裸にされた壁にただひとつ残っているものに気がついた。毛皮ずくめの女の絵だ。急いで這ってあがり、からだをガラスに押しつけた。ガラスがしっかり受けとめてくれる。熱くなっているお腹にガラスが気持ちいい。すくなくともこの絵は、いまグレーゴルがおおいかぶさっているこの絵だけは、誰からも取り上げられないはずだ。ふたりが戻ってくるのを観察するために、グレーゴルは首をリビングのドアのほうにねじ曲げた。

ふたりはあまり休まず、もう戻ってきた。グレーテは母親のからだに腕をまわし、ほとんど抱きかかえているみたいだ。「さ、こんどはなに出す?」と言って、グレーテはまわりを見まわした。そのときグレーテの視線が、壁にいるグレーゴルの視線にぶつかった。たぶん母親がいたからこそ、グレーテは平静さを失わなかった。母親のほうに顔を寄せ、母親がまわりを見ないようにしてから、出まかせを言った。もちろんふるえながら、「ね、ちょっとリビングに戻ろうよ」。グレーテがなにを考えているのか、グレーゴルにはよくわかった。母親を安全な場所に移してから、グレーゴルを壁から追い払うつもりなのだ。おお、やれるものならやってみろ。この絵は抱きしめて、手放さないぞ。手放すくらいなら、グレーテの顔にとびついてやる。

しかしグレーテの言葉が、母親をますます不安がらせた。脇に寄り、花模様の壁紙のうえに巨大な褐色のしみを見た。そして、自分の見ているものがグレーゴルだとはっきり気がつく前に、しゃがれた声で「おおっ、助けて！」と叫び、もうおしまいだ、とでも言うように腕をひろげ、長椅子のうえに倒れて、動かなくなった。「やだ、グレーゴル！」と叫んで、妹はこぶしをふりあげ、ぐっとにらみつけた。変身してからはじめて妹が兄にむかって直接かけた言葉だった。妹は隣の部屋に走った。母親の気つけ薬になりそうなエキスをとりに行ったのだ。グレーゴルも手伝いたかった。——絵を救う時間は、まだあった。——しかし、からだがガラスにぴったりくっついているので、力ずくで離さなければならなかった。そして以前のように、妹になにか助言してやれるかもしれないかのように、隣の部屋に走った。しかし妹がいろんな小瓶《こびん》をひっかきまわしているあいだ、その後ろで、なにもしないで立っているしかなかった。妹がふり返ったとき、またさらに驚かせてしまった。瓶がひとつ床に落ちて、こわれた。ガラスのかけらがグレーゴルの顔を傷つけた。なにか腐食性の薬品がからだのまわりに流れた。グレーテはぐずぐずせず、かかえられるだけたくさんの小瓶をかかえ、母親のところへ駆けていった。ドアを足でパタンと閉めた。グレーゴルは母親からまた隔てられてしまった。自分のせいで死にかけているのかもしれないというのに。ドアを開けてはならないのだ。妹は母親につき添っていなくてはならないから、妹を追い払うつもりはない。いまは、待つこと以外、なにもすることがない。自分を責め、心配でたまらなくって、這いはじめた。あらゆるところを這った。壁、家具、天井。そして部屋全体がグレーゴルのまわりを回転しはじめたとき、とうとう絶望して、大きな机のまん中に落ちた。

しばらく時間がたった。グレーゴルはぐったり伸びていた。あたりは静かだ。もしかしたら、いい兆《きざ》しかもしれない。ベルが鳴った。女中はもちろん台所に閉じこもっていたので、グレーテが開けに出なければならなかった。父親が帰ってきたのだ。「どうした?」が、最初の言葉だった。グレーテの顔がすべてを告げていたのだろう。グレーテがこもった低い声で答えている。きっと顔を父親の胸に押しつけているのだ。「お母さん、気絶しちゃったの。でも、もう大丈夫。グレーゴルがとびこんできたんだ」。「そんなことだろうと思ってた」と父親が言った。「いつも、言ってただろ。それなのにおまえたち、聞こうとしないんだから」。グレーゴルにははっきりわかった。グレーテの報告が短すぎて、父親が悪くとったのだ。グレーゴルが暴れたらしいと思っている。とすると父親の気持ちをグレーゴルがやわらげておく必要がある。きちんと説明する時間も手段もないからだ。そこでグレーゴルは自分の部屋のドアのところまで逃げていき、からだをドアに押しつけた。こうすれば父親も、玄関ホールから入ってきたとき、すぐにわかってくれるだろう。グレーゴルはほんとにいいやつだ。すぐに自分の部屋に戻ろうとしてるじゃないか。追い返す必要なんてないぞ。ドアを開けてやりさえすれば、すぐに姿を消すだろうから。

しかし父親は、そんな微妙な計算に気づくような気分ではなかった。入ってくるなり、「おおっ」と叫んだ。怒っていると同時に喜んでいるような声だった。グレーゴルは頭をドアから離して、父親のほうをまっすぐ見た。いまここに立っているような姿の父親を、実際これまで想像したことがなかった。もっとも最近は、新しい這いまわり方に気をとられ、家でどんなことが起きているのか、以前のように気にしなくなっていた。それにしても状況の変化は覚悟しておくべきだった。にもかかわらず、

にもかかわらず、これがあの父親なのだろうか。以前、グレーゴルがセールスの旅に出るときには、疲れてベッドにもぐりこんでいたのとおなじ男なのだろうか。夜、グレーゴルが家に帰ってくると、ナイトガウンを着てひじ掛け椅子にすわったまま迎え、立ちあがることもまともにできず、「お帰り」と言うかわりに、腕をあげるだけだったのだ。いっしょに散歩したのも数えるほどで、年に2、3回の日曜日と、とびきりの祝日くらいだった。もともとゆっくり歩くグレーゴルと母親にはさまれて歩いているのに、ふたりよりもさらにゆっくり歩き、古ぼけたコートにくるまって、いつも用心深くステッキで地面を先に突いてから足を出し、なにか言いたいことがあると、立ち止まるようにして、連れをそばに呼び集めるような男だったのだ。それなのにいまは、まっすぐに立っている。銀行の用務員が着るような、金ボタンつきの紺の制服をびしっと着ている。上着の、硬そうなハイカラーから、がっしりした二重あごがはみだしている。もじゃもじゃのまゆ毛のしたから、生き生きした黒い目がこちらを注意深くのぞいている。いつもボサボサの白髪が、くしで几帳面にぴったり分けられ、テカテカ光っている。父親は、どうやら銀行のものらしい、金色の組合せ文字《モノグラム》がついている帽子を、奥にある長椅子めがけてほうり投げ、長い制服の上着のすそをめくりあげ、両手をズボンのポケットに突っこみ、不機嫌な顔をしてグレーゴルのほうに歩いてきた。どうするつもりなのか、自分でもわかっていないようだ。ともかく足を異常に高くあげて歩くので、グレーゴルは靴底の馬鹿でかさに驚いた。だがそれで終わったわけではない。新しい生活の初日から思い知らされたことだが、父親はグレーゴルにたいしては、きわめて厳しく接することだけが適切な態度だと考えていた。というわけでグレーゴルは父親から逃げた。父親が立ち止まれば、止まった。父親がちょっとでも動けば、また急いで逃げた。こうしてふたりは部屋のなかを何周かした。決定的なことが起きたわけではない。ゆっくりしたテンポだったので、追跡されているようには思えなかった。そのためグレーゴルはさしあたり床から離れなかった。おまけに壁や天井に逃げたりすれば、なんと不作法なやつだと思われかねないので、よけい床から離れなかったのだ。しかしどう考えてもグレーゴルには、こんな追いかけっこでさえ、長くできそうになかった。父親が1歩すすむあいだに、無数の動きをしなければならない。もう息が苦しくなりはじめていた。以前から肺はあまり丈夫ではなかった。さて、そうやってよろめきながら、がんばって走ろうとした。ほとんど目を開けていられない。鈍った感覚では、ほかの逃げ道など考えられない。走るしかないのだ。壁に逃げる道があるということは、ほとんど忘れてしまっていた。もっともその壁は、とがったところやギザギザだらけの凝った木彫の家具でふさがれていたのだが。——そのとき、からだすれすれに、なにかがポンと投げられ、飛んで落ちて、グレーゴルの前に転がった。リンゴだ。すぐに2個目が飛んできた。グレーゴルはギョッとして立ちすくんだ。走りつづけてもムダだった。父親が砲撃しようと決めていたのだから。サイドボードのうえにある深皿から果物をポケットにぎっしり詰めこんで、さしあたりは的をしぼらず、つぎつぎにリンゴを投げてきた。ちいさな赤いリンゴが感電したように床を転がりまわり、ぶつかり合った。ふんわり投げられたリンゴがグレーゴルの背中をかすめたが、そのまますべり落ちた。ところが、その直後に飛んできたリンゴが、文字どおりグレーゴルの背中に食いこんだ。グレーゴルはそのまま這っていこうとした。場所を変えれば、突然の、信じられないような痛みも消えるのではないか、と思ったのだろうか。しかしその場に釘づけされたように感じ、伸びたからだが硬直し、あらゆる感覚が完全に混乱した。意識がなくなる前にかろうじて見えた。自分の部屋のドアがぱっと開かれ、叫んでいる妹より先に母親がとびこんできた。下着姿だったのは、気絶していた母親の呼吸を楽にするため、妹が服をぬがせていたからだ。そして母親は父親のほうに駆けよった。ゆるめられていた重ね着のスカートが、途中で1枚また1枚と床にずり落ちた。そのスカートに足をとられながらも母親は突進して、父親に抱きつき、完全に一体となり――ここですでにグレーゴルは目が見えなくなったのだが――、両手を父親の後頭部にあてて、グレーゴルの命を助けてやってくれと頼んだ。

Ⅲ

深い傷にグレーゴルは1か月以上も苦しんだ。――リンゴは、誰も取りだそうとはしなかったので、目に見える記念として肉に食いこんだままだった。――だがその傷が父親にさえ、気づかせたらしい。グレーゴルは、いまは吐き気をもよおすような悲しい姿になっているが、家族の一員なのだ。敵のように扱ってはならない。嫌悪の気持ちをぐっとのみこみ、がまんすることこそ、家族が守るべき戒律なのだ。がまんするしかないのだ。

ところでグレーゴルのほうは、おそらくずっとこのまま、敏捷には動けなくなったようだ。さしあたり自分の部屋を横切るのにも、老いぼれた負傷兵のように、何分も、何分もかかるようになっていた。――高いところを這うなんて考えられない。――こういう状況の悪化とひきかえに、グレーゴルは、十二分の埋め合わせを手に入れたと思っている。いつも日が暮れるとリビングのドアが開けられるのだが、グレーゴルはその1時間も2時間も前からそこをじっと観察することにしていた。ドアが開けられると、グレーゴルは自分の部屋の暗がりに寝そべって、リビングからは姿を見られずに、明るいテーブルについている家族みんなを見ることを許されたのだ。そしてみんなのおしゃべりを、いわば公認で、ということは以前とまるでちがったかたちで聞くことが許されたのである。

もちろん、以前のようなにぎやかなおしゃべりではなかった。ホテルの小さな部屋で、疲れたからだを湿っぽいベッドに投げだすしかなかったとき、グレーゴルはいつもみんなのおしゃべりをちょっと懐かしい気持ちで思い出していたのだが。いまはたいてい、とても静かだった。父親は夕食が終わるとすぐひじ掛け椅子で寝てしまう。母親と妹はおたがいに目配せして静かに動いた。母親は、明かりのしたでぐっと前かがみになって、ブティックに納める高級ランジェリーを縫っている。妹は、店員として働くようになっていたのだが、夜は速記とフランス語の勉強をしている。もしかしたらもっといい仕事につくためなのかもしれない。ときどき父親が目を覚ました。自分が眠っていたことをまるで知らないらしく、「きょうもまた、遅くまで縫ってるな」と母親に言ってから、すぐにまた寝てしまうので、母親と妹は、まただよね、という顔をして微笑みをかわすのだった。

なぜかがんこに父親は、家でも制服をぬごうとしなかった。ナイトガウンがむなしくフックにかかったまま、父親は完全に昼間の制服のまま、指定席でうとうとしていた。まるでいつでも勤務につく用意ができていて、自分の家でも上司の指示を待っているかのようだ。最初から新しくなかった制服は、そういうわけで、母親と妹がどんなに気をつけても、どんどん汚れていった。しばしばグレーゴルは、いつも磨いてピカピカの金ボタンをつけた、しみだらけのその制服を、日が暮れてからずっと見ていた。着心地がとても悪いはずなのに、老人はぐっすり眠っている。

時計が10時を打つやいなや、母親はそっと声をかけて父親を起こし、ベッドで寝るようにすすめるのだった。このままではちゃんと眠れないし、ちゃんと眠っておくことは、6時に勤務につく父親には絶対に必要なのだ。だが、用務員になってから、がんこになった父親は、きまって寝てしまうくせに、なかなかテーブルから離れようとはしない。そのうえ父親を動かして、椅子をベッドに交換させるのは、ものすごく骨の折れる仕事だった。母親と妹が短い言葉をかけて、どんなにしつこくすすめても、15分間ゆっくり首をふりつづけ、目を閉じたまま、立ちあがろうとしないのだ。母親は父親の袖をつかみ、甘い言葉をささやき、妹は勉強をやめて、母親の応援をするのだが、効き目がない。父親はますます深く椅子に沈みこむ。女ふたりに抱えられてようやく、目を開き、母親と妹をかわるがわるながめてから、いつもこう言うのだった。「これも人生だ。こうやって年寄りは休むんだ」。そうしてふたりの女に支えられ、自分にとって自分が最大の重荷であるかのように、どっこいしょと立ちあがり、ふたりにドアのところまで連れていってもらうと、手でふたりを追い払い、そのままひとりで歩いていく。すると母親は縫い物を、妹はペンをさっとあきらめて、父親のあとを追い、もっと世話を焼こうとするのだった。

働きすぎてくたくたになっているこの家族の誰が、グレーゴルのことを、必要最低限の世話のほかに心配する余裕があっただろうか。家計はますます窮屈になってきた。女中にはやっぱりやめてもらった。大柄で、骨ばった家政婦が白髪をふりみだしながら、朝と晩にやってきて、手にあまる仕事をやってくれた。ほかのことは全部、母親が山のような縫い物をしながらこなした。家にあったさまざまなアクセサリーは、これまで母親と妹が遊びや祝いごとのとき大喜びで身につけていたものだが、それらまでもが売り払われた。グレーゴルがそれを知ったのは、どんな値段で売るか、夜、みんなで相談していたからだ。しかし最大の嘆きはいつも家のことだった。現在の状況を考えれば広すぎるのに、この家を出ることができない。グレーゴルをどうやって引っ越させるのか、見当もつかないからだ。しかしグレーゴルにはよくわかっていた。引っ越しの障害になっているのは、グレーゴルにたいする配慮だけではなかった。適当なサイズの木箱に空気孔をいくつか空ければ、簡単に運ぶことができただろう。むしろ家族が転居できない一番の理由は、すっかり絶望していたからだ。親戚や知り合いの誰ひとりとして受けたこともないような不幸に見舞われたのだと思っているからだ。世間が貧しい人びとに要求することを、この家族はみんなギリギリまでこなしている。父親は、下っ端の銀行員のために朝食を取りに行き、母親は、知らない人間が身につけるランジェリーを朝から晩まで縫い、妹は、客に言われるままにカウンターのむこう側で走りまわっている。だがそれ以上の力は、この家族には残っていない。そしてこんなとき、グレーゴルの背中の傷があらためて痛みはじめるのだった。母親と妹は、父親をベッドに寝かせて、戻ってきていた。縫い物と勉強はやめにして、からだを寄せ、ほっぺたとほっぺたをくっつけてすわっている。そのとき母親がグレーゴルの部屋を指さして、「あそこのドア、閉めてよ、グレーテ」と言う。こうしてグレーゴルがふたたび闇のなかにいると、隣の部屋ではふたりが、涙と涙を混ぜあわせているか、涙すら出ずにじっとテーブルを見つめているかなのだ。

夜も昼もグレーゴルは、ほとんど一睡もしなかった。こんどドアが開いたら、家族がかかえている問題は、以前と同様、そっくりこの手に引き受けてやるのだが、と考えることもあった。あれこれ考えているうち、久しぶりにいろんな顔が浮かんできた。社長にマネージャー、店員に見習い、異常にのみこみの悪い雑用係、ほかの会社の2人か3人の友人。田舎のホテルのルームメイドは、つかの間の甘い思い出だ。帽子屋のレジの女の子を本気で口説いたけれど、口説くのが遅すぎた。——これらの顔がみんな、知らない顔やもう忘れた顔に混じって浮かんできた。けれども、グレーゴルやグレーゴルの家族を助けようとせず、みんなそっぽをむいていた。みんなの顔が消えて、ほっとした。それからまた、家族のことなんか知るもんか、という気分になった。ひどい待遇に怒りがこみあげてきた。なにが食べたいのか、まったく見当もつかないのに、食料貯蔵室にどうやってたどり着こうか、計画を立てた。そこへ行って、たとえお腹がすいていなくても、自分にふさわしい食料をちょうだいしてやるのだ。妹は、グレーゴルの気にいるのはどれだろう、などと思案することもなく、朝と正午、店に出かける前に、そこらに転がっていた食料を大急ぎでグレーゴルの部屋に足で押しこみ、日が暮れると、ちょっと口をつけただけなのか、それとも——こちらのケースが圧倒的に多かったが——口もつけなかったのか、などには無関心のまま、ほうきでさっとひと掃きして食料を部屋から出すのだった。部屋の掃除は、いつも夜に妹がやっているのだが、信じられないスピードで片づけられた。汚れが壁に帯のようにくっついていて、あちこちにチリやゴミが糸玉のようにからまって落ちている。最初のうちグレーゴルは、妹がやってきたとき、とくに汚れがひどい場所に陣取ることによって、妹を非難しているつもりだった。しかし何週間たっても、妹はなにも感じなかった。妹にはグレーゴル同様、ちゃんと汚れが見えていたのだが、そのままにしておこうと決めていたのだ。それなのに、グレーゴルの部屋の掃除はほかの人間がやらないよう、神経質に見張っていた。家族みんなが神経質になっていたのだが、妹もごく最近そうなった。あるとき母親がグレーゴルの部屋の大掃除をやった。それはバケツ2、3杯の水を流すだけのものだった。——部屋がびしょ濡れになり、もちろんグレーゴルはうんざりし、ふてくされて長椅子に大の字になって寝そべっていたのだが——母親にも罰が待ちうけていた。その夜、妹は部屋の変化に気がつくやいなや、ひどく侮辱されたと思って、リビングに駆けこみ、母親が両手をあげてなだめたにもかかわらず、からだをふるわせてワッと泣きだした。そこで両親も、——父親はもちろんびっくりしてひじ掛け椅子からとびあがっていた——最初のうちは驚き、途方に暮れて傍観していたのだが、しだいに興奮してきた。父親は、右手にいる母親にむかって、どうしてグレーゴルの部屋の掃除を妹にまかせなかったのか、と非難した。そのくせ左手にいる妹にむかっては、もうグレーゴルの部屋の掃除なんかしてはならん、と怒鳴りつけた。そして母親のほうは、興奮してわれを忘れている父親を寝室に引っぱっていこうとしている。妹は、からだをふるわせてヒクヒク泣きながら、小さなこぶしでテーブルをなぐりつづけていた。グレーゴルは怒って、シューッと大きな音を立てた。どうして誰も、ドアを閉めて騒ぎが見えないようにしてやろうと、思いついてくれないのか。

しかしたとえ、店員の仕事で疲れはてた妹が、これまでのようにグレーゴルの世話をするのにうんざりしてきたとしても、母親がそのかわりをする必要はなかっただろうし、グレーゴルもほったらかしにされることはなかっただろう。なにしろ家政婦がいたのだ。この年寄りの未亡人は、長い人生で最悪の状況におちいっても、がっしりした骨格のおかげで乗り越えてきたらしく、実際、グレーゴルのこともそれほど嫌悪していなかった。特別に興味があったわけではなく、たまたまあるときグレーゴルの部屋のドアを開けたところ、グレーゴルのほうがギョッとして、誰にも追われていないのに、右往左往をはじめたので、家政婦は手を下に組んだまま、見とれてじっと立っていた。それ以来、朝晩かかさずちょっとだけドアを開けて、ちらっとグレーゴルのことをのぞくのが日課となった。最初は呼び寄せるときに、「ほら、おいでよ、クソ虫」とか、「ほうら、クソ虫ですよ」と、親しみやすそうな言葉を使った。呼びかけられてもグレーゴルはなんの返事もせず、その場から動こうとしなかった。まるでドアが開けられなかったみたいに。しかしこの家政婦には、気まぐれなちょっかいを出させるかわりに、むしろグレーゴルの部屋の掃除を毎日するように言いつければよかったのだ。ある日の早朝——激しい雨が、もしかしたらもう春の訪れを知らせるように、窓ガラスをたたいていたのだが――、家政婦がいつものように呼びかけてきたとき、グレーゴルはひどく憤慨して、攻撃するように、といってもゆっくりヨロヨロとだが、家政婦のほうにむき直った。だが家政婦は、怖がるかわりに、ドアのそばにあった椅子を高々ともちあげ、口を大きく開けて立ちはだかった。考えていることは明らかだった。この口を閉じるのは、もっている椅子がグレーゴルの背中に打ちおろされてからだからね。グレーゴルが向きを変えると、「あら、もうおしまいなの？」と言って、椅子をそっと部屋の隅へ戻した。

グレーゴルはもう、ほとんどなにも食べなくなった。用意された食事のそばをたまたま通ったときだけ、遊び半分にひと口かじるのだが、何時間も口に入れたまま、たいていは吐きだした。最初のうちはこう考えていた。部屋がこんな状態だから、悲しくって、食べる気にならないんだよな。だが、まさにそんな部屋の変化にも、すぐがまんできるようになった。どこにも置き場所のない物は、グレーゴルの部屋にもちこまれることになっていたので、そういう物がたくさん置かれている。この家のひと部屋を３人の男に貸したからだ。生真面目な間借り人たちは――３人とも顔一面にひげをはやしているのを、グレーゴルはドアのすき間から確認した——、几帳面に秩序というものにこだわった。自分たちの部屋のことだけでなく、なにしろこの家に部屋を借りているわけだから、この家のすべてを、とくに台所のことを気にした。不要ながらくた、ましてや汚いがらくたには耐えられなかった。家具類は大部分、自分たちのものをもってきていた。そういうわけで、売れないけれども、捨てたくない物がいっぱい出てきた。これらがみんなグレーゴルの部屋にやってきた。台所からは灰箱とゴミ箱もやってきた。さしあたり使わない物は、いつもせかせかしている家政婦が、さっさとグレーゴルの部屋に投げこんだ。幸いグレーゴルには、たいていの場合、投げこまれる物と投げこむ手しか見えなかった。家政婦としては、いつか機会があれば取りだすか、全部まとめて捨ててしまうつもりだったのかもしれない。しかし実際は、最初に投げこまれた場所にそのまま転がっていた。もっとも、グレーゴルががらくたのあいだで方向転換して動かしてしまわなければ、の話だが。最初のうちは仕方なく動かした。這いまわるスペースがほかになかったからだ。だが後になると、動かすのが楽しくなってきた。しかしそんなふうに這いまわると、死ぬほど疲れて悲しくなり、ふたたび何時間も身動きひとつしなかった。

間借り人たちはときどき夕食も家のリビングでとったので、そういう夜はリビングのドアが閉められたままだった。しかしグレーゴルはドアが開くことをすぐにあきらめた。なにしろドアが開いている夜だって、知らん顔して、家族に気づかれることもなく、自分の部屋のいちばん暗い隅っこにいたこともあるのだから。しかしあるとき、家政婦がリビングのドアをすこし開けたままにしていた。夜になって間借り人たちがリビングにやってきて、明かりがつけられても、そのまま開いていた。間借り人たちはテーブルの上座《かみざ》にすわった。以前は、父親と母親とグレーゴルがすわっていた席だ。ナプキンをひろげ、ナイフとフォークを手にとった。すぐにドアのところに母親が肉の皿をもってあらわれた。すぐ後ろから、妹が山盛りのジャガイモの皿をもってあらわれた。料理から湯気がさかんに立っていた。間借り人たちは、前に置かれた皿のほうにかがみこんだ。まず、目で吟味しようとしているかのようだ。実際に皿の肉を、まん中にすわっていてリーダー格とおぼしき男が切った。十分に柔らかいか、それとも台所に戻ってもらう必要はないか、チェックしているらしい。男は満足した。緊張して見守っていた母親と娘は、ほっと息をついてニコニコしはじめた。

家族が食べるのは台所だった。それなのに父親は、台所に入る前にリビングにやってきて、ペコッと一度だけお辞儀をし、帽子を手にもってテーブルを一周した。間借り人はいっせいに立ちあがり、ひげのなかでなにやらモゴモゴとつぶやいた。そして3人だけになると、ほとんどひと言も口をきかずに食べている。グレーゴルには奇妙に思えたことがある。食べるとき、じつに多様な音がするわけだが、嚙んでいる間借り人たちの歯の音がくり返し聞こえる。まるでそれはグレーゴルに教えているようだった。食べるには、歯がいるんだぞ。どんなにきれいなあごでも、歯がなけりゃ、なんにもできないぜ。「食欲なら、あるぞ」と、つぶやいてグレーゴルは不安でいっぱいになった。「でも、あんなの食いたかない。間借り人たち、なんての食ってるんだろ。こっちは死にそうなのに」

ちょうどその晩、——グレーゴルの記憶では、しばらくずっと聞いていなかった——ヴァイオリンの音が台所から聞こえてきた。間借り人たちはもう夕食をすませていた。まん中の男が新聞を取りだし、ほかの2人に1枚ずつ渡していた。こうして

3人は椅子にもたれて新聞を読み、タバコをすっている。ヴァイオリンが弾かれはじめると、3人は耳をすまし、つま先でそっと玄関ホールのドアのところに行き、押しあいながら立っていた。その気配は台所でも聞こえたにちがいない。父親が声をかけてきた。「もしかしてヴァイオリン、ご迷惑でしょうか。すぐにやめさせますが」。「いやあ、そんなことありません」と、まん中の男が言った。「お嬢さんにこちらに来ていただいて、弾いてもらえませんか。この部屋のほうがずっと弾きやすいし、居心地もいいので」。「ありがとうございます」と父親は、自分が弾いているような顔をして答えた。間借り人たちはリビングに戻って、待った。まもなく父親が譜面台を、母親が譜面を、妹がヴァイオリンをもってやってきた。妹は落ち着きはらって演奏の準備をした。両親はこれまで人に部屋を貸したことがなかったので、間借り人たちに遠慮しすぎて、もともと自分の椅子なのにすわろうとしない。父親はドアにもたれ、ボタンをかけた制服のボタンとボタンのあいだに、右手を突っこんで立っていた。母親のほうは、間借り人に椅子をすすめられ、隅っこにすわることになった。たまたま置いてもらった椅子をそこから動かさなかったので。

妹が弾きはじめた。父親と母親は、それぞれの場所から、妹の手の動きを注意深く追いかけた。グレーゴルは演奏にうっとりして、思い切ってちょっと前に出ていた。頭はもうリビングのなかに突っこんでいる。このところ、ほかの人のことがあまり気にならなくなったが、自分でもそれをあまり不思議に思わない。以前は、そういう配慮を自慢に思っていたのだが。しかしそれにもかかわらず、いまこそ、姿を隠すべき理由がたっぷりあったのではないか。なにしろグレーゴルの部屋はほこりだらけで、ちょっと動いただけでも、ほこりが舞う。グレーゴルもほこりまみれなのだ。糸くず、髪の毛、食べ物のかすを背中や脇腹にくっつけて這っている。あらゆることに無関心になっていた。以前は昼間に何度もやっていたのに、あおむけになってカーペットにからだをこすりつけることもしなくなった。こんな状態にもかかわらず、ほこりひとつ落ちていないリビングの床に、ためらいもせずちょっと足を踏みいれたのである。だが誰もグレーゴルのことなど気がつかない。家族はすっかりヴァイオリンの演奏に心を奪われていた。逆に間借り人たちは、最初こそ、両手をズボンのポケットに突っこんで、妹の譜面台のすぐ後ろに並び、みんなで譜面をのぞこうとして、きっと妹の邪魔になったにちがいない。しかしすぐに、ひそひそおしゃべりをしながら、うつむいて窓のところまで下がったが、心配そうな父親にじっと見られて、その場にとどまっていた。実際、誰の目にも明らかだった。間借り人たちは、すてきなヴァイオリンを楽しく聞かせてもらおうと思っていたのに、裏切られて、演奏にうんざりしていたのだが、ただ礼儀上がまんしているのだろう。とくに、3人そろって鼻や口から葉巻の煙を吹きあげているようすを見れば、どんなにイライラしているのかわかる。だがそれにしても妹の演奏はすばらしい。首をかしげて顔を横にむけ、悲しそうな目でチェックするように楽譜を順に追っている。グレーゴルはもうすこし這って前に出て、頭を床すれすれまで低くした。うまくすると妹と目を合わせることができるかもしれない。こんなにまで音楽に心をつかまえられるとは、やはり動物なのだろうか。待ちこがれていた未知の栄養への道が、見えたような気がした。グレーゴルは決心した。妹のところまで突進しよう。スカートをつまんで引っ張れば、伝わるはずだ。ヴァイオリンかかえて、ぼくの部屋においでよ。その演奏、ぼくみたいに評価する人間は、この部屋には誰ひとりいないんだから。もうぼくの部屋から出さないぞ。すくなくともぼくが生きてるあいだは。いよいよこの恐ろしい姿の出番だな。ぼくの部屋にはドアが3つ。攻撃されれば、どのドアにもすぐ駆けつけて、シューッとうなってやる。だが妹に強制する気はない。自分の意思でぼくのところにいてもらいたい。長椅子にいっしょにすわって、耳を傾けてくれるのなら、こっそり打ち明けるつもりだ。音楽学校に入れてやるね、って。前からちゃんと考えてたことだ。こんな災難に見舞われてなかったら、この前のクリスマスに——そうだ、クリスマスはもう終わっただろ?——みんなに発表するつもりだった。どんなに反対されても気にするもんか。そう言ってやれば、妹は感激してどっと涙を流すだろう。ぼくは、妹の肩のところまで背伸びして、首にキスしてやるんだ。店員になってからはリボンもカラーもつけなくなった首に。

「ザムザさん!」。まん中の男が父親に呼びかけた。それ以上なにも言わず、人差し指で、ゆっくり前進してくるグレーゴルを指さした。ヴァイオリンが鳴りやんだ。まん中の男はまず、首をふりながら仲間に微笑みかけてから、あらためてグレーゴルのほうを見た。父親は、グレーゴルを追っ払うよりは、まず間借り人たちを落ち着かせることが先決だと思ったらしい。ところが3人とも興奮などしておらず、ヴァイオリンよりグレーゴルのほうを楽しんでいるみたいだ。父親は3人のところへ急ぎ、腕をひろげて3人の部屋に押し戻そうとしながら、同時に自分のからだで、グレーゴルの姿を見えないようにしようとした。実際ここで3人はちょっと気分を悪くした。父親の態度のせいなのか、それとも、グレーゴルみたいな隣人がいたことを、いまごろになって知ったせいなのか、もうわからない。3人は父親に説明を求めた。自分たちのほうでも腕をふりあげ、ひげをしきりにつまみ、なかなか部屋に戻ろうとはしない。そのあいだに妹は、突然やめた演奏のあと茫然としていたのだが、立ち直っていた。しばらく、だらんとした手にヴァイオリンと弓をぶらさげて、まだ弾いているかのように、楽譜をながめていたが、突然、よいしょっと立ちあがり、楽器を母親のひざに押しつけ、隣の部屋に駆けこんだ。母親は呼吸が苦しくて、激しくぜいぜい言いながら椅子にすわったままだ。隣の部屋にむかって間借り人たちが、父親に押されて、前よりスピードをあげて近づいていた。妹は慣れた手つきで、ベッドの毛布と枕を舞いあげ、見る見るうちにベッドを整えた。間借り人たちが部屋にたどり着く前に、ベッドメイキングを終えた妹は、部屋をするりと抜けだした。父親は、以前のがんこ虫にとりつかれたらしく、間借り人にたいして払って当然の敬意まですっかり忘れてしまっていた。押して押して押しまくった。ついに自分たちの部屋のドアの敷居のところで、まん中の男がドシンと足を踏み鳴らして、父親を止めた。「では、宣言します」と言って、手をあげながら、目で母親と妹のことも探している。「この住居とこの家族に支配的な嫌悪すべき状況を考えるとですね」――ここで男は床にペッとつばを吐いた――「ただちにこの部屋の解約を通告する。もちろん、これまで住んだ日数にたいして、びた一文たりとも払いません。逆にこちらから、なんらかの請求をしたものかどうか、これから考えるつもりです。――いいですか――理由なら簡単に並べることができますからね」。男は黙って、なにかを期待しているかのように、まっすぐ前を見ている。実際すぐに2人の仲間が口をはさんだ。「われわれも、ただちに解約を通告する」。それを聞いて男はドアのノブをつかみ、ばしんとドアを閉めた。

父親はよろめき、手探りしながら自分のひじ掛け椅子に戻って、倒れこんだ。からだを伸ばして、いつもの夕食後の居眠りをしているように見える。しかし支えのないようなクビを激しく上下させているところを見ると、眠ってなんかいないのだ。グレーゴルはずっと、間借り人に見つけられた場所でじっとしている。計画が失敗に終わってがっかりしているだけでなく、もしかしたら、ずいぶん絶食して衰弱しているので、動くことができない。つぎの瞬間にはきっと、頭上ですべてが一気に倒壊するのではないかと恐れながら、待った。ふるえている母親の指からヴァイオリンがこぼれて、ひざから落ち、ぽわんと音を響かせたが、そんなことぐらいではビクリともしなかった。

「お父さん、お母さん」と妹が言い、テーブルをたたいて話しはじめた。「このままじゃ、やってけないよ。お父さんやお母さんにはわからないかもしれないけれど、わたしにはわかる。この怪物の前じゃ、お兄さんの名前、口にしないことにする。だから、はっきり言うけど、お払い箱にしなきゃ。わたしたち、人間としてできることはやってきたでしょ。世話したり、がまんしたり。だからもう誰からも、非難なんかされないわよ」

「まったくその通りだ」と、父親はつぶやいた。母親は、あいかわらず呼吸が苦しく、手を口にあて、狂ったような目をして、こもった咳をしはじめた。

妹が急いで母親のそばに行って、ひたいを支えてやった。父親は妹にそう言われて、なにか考えはじめたらしく、背筋を伸ばしてすわっていたのだが、間借り人たちの夕食の皿が残っているテーブルで、制帽をいじくりながら、静かにしているグレーゴルのほうをときどき見た。

「なんとかお払い箱にしなきゃ」。妹は、こんどは父親にだけ言った。母親は咳をしていてなにも聞こえなかったからだ。「お父さんも、お母さんも殺されちゃうよ。わたしにはよくわかる。わたしたちみたいにね、仕事だけでも大変なのに、家でもこんな厄介をずっとかかえてるなんてムリだ。わたしはもうダメ」。妹はワッと泣きはじめた。その涙が母親の顔にこぼれると、母親は機械的に手を動かして、顔からぬぐった。

「なあ、お前」。父親は同情して、ものわかりのよさそうな顔をして言った。「しかし、どうすりゃいい？」

妹は肩をすくめるだけだった。泣いているあいだに、これまでの確信とは反対に、途方に暮れてしまったのだ。

「こちらの言うことがわかればな」と、父親は質問するような調子で言った。妹は泣きながら激しく手をふって、そんなことはありえないと否定した。

「こちらの言うことがわかればな」と、父親はくり返し、不可能だという妹の確信を、目を閉じて受けいれた。「話をつけることができるかもしれんのだが。しかし、これじゃ――」

「出てってもらおう」と、妹が叫んだ。「それしか方法がないよ、お父さん。あれがグレーゴルだって思うのを、やめるだけでいいんじゃないかな。そんなふうに思ってたことが、そもそも不幸のはじまりなんだ。でもどうして、あれがグレーゴルなの？　グレーゴルだったら、とっくの昔に、人間とこんなケダモノがいっしょに暮らすなんてムリだ、ってわかってたでしょ。自分から家を出ていってたでしょ。お兄さんがいなくても、わたしたち、これからも生きていけるし、お兄さんの思い出は大切にできるでしょ。ところがこのケダモノはわたしたちにつきまとい、間借り人を追っ払い、きっとこの家だって占拠するつもりだよ。わたしたち、路上で寝ることになっちゃう。

ほら、見て、お父さん」と突然、叫び声をあげた。「また、はじめてるよ」。そして妹は、グレーゴルにはまったく理解できない恐怖につつまれて、母親からさえ離れた。グレーゴルのそばにいるくらいなら、母親を犠牲にしたほうがましだという態度で、母親の椅子を文字どおり突きとばすようにして、急いで父親の後ろにまわった。この妹の動きを見ただけで父親は動揺して腰をあげ、妹を守ろうとするように立ちはだかって、腕を半分あげた。

だがグレーゴルは、誰かを怖がらせるつもりなどなかった。ましてや妹を怖がらせることなど思いもよらなかった。自分の部屋に戻るため、方向転換をはじめただけなのだ。ところがそれが目を引いた。からだの具合が悪いので、方向転換がむずかしくて、首の助けを借りるしかなく、何度も頭をもちあげては床にぶつけていたのである。グレーゴルは動くのをやめて、まわりを見まわした。悪意のないことは認めてもらえたらしい。あれは一瞬の恐怖にすぎなかった。いまではみんなが黙って、悲しそうに見守っている。母親は、両脚をくっつけて伸ばしたまま、椅子に沈んでいる。疲れて、まぶたが閉じかかっている。父親と妹は並んですわっている。妹の手が父親の首に巻きつけられていた。

「さて、そろそろ向きを変えてもいいかな」と思って、グレーゴルはふたたび動きはじめた。むずかしい動きで息が荒くなるのを抑えることができず、ときどき休憩する必要があった。それはそうと、誰からも邪魔されず、すべてがグレーゴルにまかされていた。方向転換が終わると、すぐにまっすぐ戻りはじめた。自分の部屋までずいぶん距離があったことに驚いた。ついさっきは衰弱していたのにおなじコースを、大変だとも思わず、どうやって這ったのか、まるで見当がつかない。ともかく急いで這って戻ることばかり考えていたので、ほとんど気がつかなかったが、家族の言葉や叫び声で邪魔されることがない。ドアのところにたどり着いて、はじめてふり返った。しかし首をちゃんとまわせない。首が硬くなっていることを感じたからだ。ともかく見たところ、後ろではなんの変化もなく、妹だけが立ちあがっていた。最後にちらっと目に映った母は、もうぐっすり眠っていた。

部屋に入るやいなや、ドアが大急ぎで押し閉められ、しっかり閂《かんぬき》をかけられ、封鎖された。背後の突然の物音にグレーゴルはギョッとして、細い脚たちのひざががっくり折れた。そんなに急いだのは妹だった。とっくにそこに立って、待ちかまえていたのだ。足取り軽く前進してきたので、グレーゴルにはまったく聞こえていなかった。「やったよ!」と両親に叫んで、妹は鍵をまわした。

「さて、どうするか」と考えながら、グレーゴルは暗がりのなかを見まわした。まったく動けなくなっていることに、やがて気がついた。不思議だとは思わなかった。むしろ不自然に思えたのは、これまで実際、こんなに細い脚で前進できたことだ。それはそうと比較的くつろいだ気分だった。全身が痛かったが、痛みはしだいにどんどん弱くなっていって、最後にはすっかり消えるだろうという気がした。腐ったリンゴが背中にめりこんでいる。その周囲の炎症がふわふわしたほこりにおおわれている。だがどちらも、もうほとんど感じない。家族のことを、感動と愛情をもって思い返した。グレーゴルは消えなければならない。もしかしたら自分のほうが、妹より断固としてそう考えていたのかもしれない。こんなふうにからっぽで平和な考えにじっとふけっているうちに、塔の時計が朝の3時を打った。窓の外が明るくなりはじめていくのは、まだわかっていた。それから頭が勝手にガックリくずおれた。鼻の穴から最後の息が弱々しく流れ出た。

朝早く、家政婦がやってきて――これまで何度も気をつけてほしいと頼んでいるのに、力まかせに、せっかちにドアをバタン、バタンと閉めるので、家政婦がやってくると、家では誰も落ち着いて寝ていられなくなるわけだが――、いつものようにちらっとグレーゴルの部屋をのぞいたとき、最初はなにも変わった様子は見られなかった。わざとじっとして、ふてくされたふりをしてるんだな、と考えた。なんでもわかるんだから、と思っていたのだ。たまたま長いほうきを手にしていたので、それでグレーゴルをドアの外からくすぐってみた。だがなんの効果もないので、腹を立て、グレーゴルのからだをちょっと突いてやった。からだを押しても抵抗せず、そのままからだが動いたので、ようやく気がついた。まもなく事の真相がわかったとき、家政婦は目を大きくして、思わず口笛を吹いたが、その場に長くとどまってはいなかった。寝室のドアをがばっと開けて、暗がりにむかって大声で呼びかけた。「ほら、ごらんなさい。くたばってますよ。あそこで。完全にくたばってますよ」

ザムザ夫妻はダブルベッドのなかでからだを起こしていた。家政婦に驚かされたが、まず気持ちを落ち着かせなくてはならない。それからようやく報告の意味を理解した。そしてザムザ氏とザムザ夫人は、それぞれのベッドサイドから急いで降りた。ザムザ氏は肩に毛布をかけ、ザムザ夫人は寝間着のまま出てきて、グレーゴルの部屋に足を踏みいれた。そうこうするうちリビングのドアも開けられていた。グレーテは間借り人が越してきてからはリビングで寝ているのだが、いまはきちんと服に着がえていた。ぜんぜん眠っていなかったようだが、実際、青白い顔がそのことを証明しているみたいだ。「死んでるの？」と言ってザムザ夫人は、たずねるように家政婦を見あげた。とはいえ、自分で確かめることはできるのだし、確かめなくてもわかったわけだが。「そう思いますね」と家政婦は言い、それを証明するために、グレーゴルの死体をほうきで突いて、ずうっと脇のほうへ動かした。ザムザ夫人は、ほうきを押しとどめようとしたが、その格好をしただけだった。「さて」とザムザ氏が言った。「これでわれわれも神に感謝できるぞ」。十字を切ると、3人の女もそれにならった。グレーテは死体から目をそらさず、こう言った。「ほら、なんてやせてるんだろう。ずいぶん長いあいだ、なんにも食べてなかったからね。食べ物が部屋に入ってきても、そのまま出ていっちゃってたんだ」。実際、グレーゴルのからだは、完全にぺっちゃんこで、からからに乾いていた。じつは、いまはじめてそれがわかった。細い脚でからだがもちあげられておらず、ほかに目移りするものがなかったからだ。

「グレーテ、ちょっと、こっちにいらっしゃい」。ザムザ夫人が、悲しそうな微笑を浮かべて言った。グレーテは、ちらりちらりと死体をふり返りながら、両親について寝室に入った。家政婦はドアを閉め、窓を全開にした。早朝にもかかわらず、さわやかな外気には、もう生暖《なまあたた》かさがまじっていた。もう3月末だった。

3人の間借り人が部屋から出てきて、自分たちの朝食を探して、驚いている。忘れられてしまったのだ。「朝食はどこ?」。まん中の男が不機嫌そうに家政婦にたずねた。しかし家政婦は指を口にあててから、黙ったまま大急ぎで間借り人たちに、グレーゴルの部屋に行ってみたら、と合図した。3人はそこに行き、ちょっとくたびれた上着のポケットに手を突っこんだまま、もうすっかり明るくなった部屋で、グレーゴルの死体をかこんで立っていた。

そのとき寝室のドアが開き、制服姿のザムザ氏が、一方の腕を妻に、もう一方の腕を娘に貸してあらわれた。みんな、顔をすこし泣きはらしている。グレーテはときどき顔を父親の腕に押しつけた。

「すぐに、ここを出てもらいたい！」とザムザ氏が言って、妻と娘を離さないまま、ドアを指さした。「どういうことです？」と、まん中の男はうろたえて、こびるような微笑を浮かべた。あとの2人は、手を後ろに組んで、さかんにこすり合わせていた。自分たちが勝つに決まっている大喧嘩の開始をうれしそうに待っているみたいだ。「言ったとおりの意味だ」と答えて、ザムザ氏は妻と娘と3人で横一列になって、まん中の男につめ寄った。男は最初、気をつけの姿勢をして、床を見ていた。頭のなかで、ものごとの秩序が新しく組み直されていっているかのようだ。「じゃ、出ていきましょう」。そう言って、ザムザ氏を見あげた。まるで突然、へりくだる気になって、この決定にさえあらためて許可を求めているような態度である。ザムザ氏は目を大きくして何度かうなずいてやっただけだった。それを見て男は、実際すぐに大股で玄関ホールに行った。ふたりの仲間は、手をこすり合わせるのをしばらくやめて、聞き耳を立てていたが、このとき跳ねるようにして男のあとをまっすぐ追った。ザムザ氏が自分たちよりも早く玄関ホールに行って、自分たちがリーダーと合流するのを邪魔されるのではないか、と心配しているようだった。玄関ホールでは3人とも帽子掛けから帽子を取り、ステッキ立てからステッキを抜き、黙ってお辞儀をし、家を出た。なんの理由もないのに、なぜか気になってザムザ氏は、妻と娘といっしょに家の前の踊り場に出た。手すりにもたれて、みんなでながめた。3人の男がゆっくりとだが、休まずに長い階段を降りている。どの階でも階段がカーブするところで姿が見えなくなるのだが、しばらくするとまた姿をあらわした。3人が下に降りていくにつれて、ザムザ一家も関心をなくしていった。肉屋の職人が籠《かご》を頭にのせ、誇らしそうな顔をして、3人のほうに近づき、すれちがって階段をのぼっていく。やがてザムザ氏は妻と娘といっしょに手すりから離れた。みんな、ほっとしたような顔をして、家に戻った。

きょうは休んで散歩しよう、とみんなで決めた。その日に仕事をしないことは当然であった。それどころか、絶対に必要でさえあった。こうしてみんなはテーブルにむかい、3通の断りの手紙を書いた。ザムザ氏は上司に、ザムザ夫人は注文主に、グレーテは店主に。書いているあいだに家政婦が入ってきて、帰りますね、朝の仕事が終わったので、と言った。手紙を書いていた3人は最初、うなずいただけで、顔をあげなかった。家政婦がぐずぐずして部屋を出ていこうとしないので、ようやく不愉快そうに顔をあげた。「どうした？」とザムザ氏がたずねた。家政婦はニヤニヤしながらドアのところに立っている。とってもいいことお知らせしたいんだけど、どうしてもって頼まれなきゃ、教えられませんよ、とでも言いたそうな顔をしている。帽子にちょこんとまっすぐに刺した小さなダチョウの羽根飾りが、いろんな方向に軽く揺れている。その羽根飾りは、勤務中につけていたときからザムザ氏には不愉快だった。「ね、どうしたいの？」とザムザ夫人がたずねた。この家では、まだしも家政婦に一目置かれている女性である。「ええ」と家政婦は答えた。なれなれしく笑ったため、すぐには話をつづけられなかった。「いえね、隣の部屋のあれですがね、どうやって片づけるか、心配しなくていいんですよ。もう、ちゃんとやりましたから」。ザムザ夫人とグレーテは、まだ書かなきゃ、という顔をして、手紙にかがみこんだ。ザムザ氏は、家政婦が一部始終をしゃべりはじめようとしていることに気づき、さっと手を伸ばして、きっぱり断った。おしゃべりが許されなかったので、家政婦は大急ぎの用事を思い出し、明らかに気分を害されたという声で「みなさま、ご機嫌よう」と叫び、くるりと背中をむけ、恐ろしい音でドアを閉めて、家を出ていった。

「夕方にはクビだ」とザムザ氏は言ったが、妻からも娘からも返事がない。ふたりは、まだ気持ちが落ち着いていないのに、家政婦にあらためて乱されてしまったらしい。立ちあがって、窓のところへ行き、抱きあったままじっとしていた。ザムザ氏はすわったまま椅子をふたりのほうに回転させ、静かにしばらくふたりを観察した。それから、こう言った。「さあ、こっちに来ないか。過ぎたことは、もう忘れるんだ。ちょっとは私のことも考えてくれ」。すぐに妻と娘は言うことを聞いた。急いで父親のそばに戻り、やさしくいたわり、さっさと手紙を書いてしまった。

それから3人そろって家を出た。もう何か月もやっていなかったことだ。電車に乗って、郊外に出かけた。車内には、この3人しか客はいなかったが、暖かい太陽の光が隅々まであふれていた。気持ちよさそうに座席にもたれて、将来の見通しを語りあった。よく考えてみれば、けっして悪い見通しではないことがわかった。3人の仕事は、じつはこれまでおたがいに質問などしたこともなかったのだが、きわめて恵まれていて、とくに前途が有望だったのだ。現在の状況をすぐに改善する特効薬なら、家を変えることで簡単に手に入るはずだ。いまの家はグレーゴルが選んでくれたものだが、こんどは、それより小さくて安くて、しかし立地条件がよくて、使い勝手のいい家がいい。そんな話をしているあいだに、どんどん生き生きしてきた娘を見ていて、ザムザ氏とザムザ夫人は、ほとんど同時に気がついた。最近は、ほっぺたから血の気の引くような苦しみをさんざん味わってきたのに、花のようにきれいで、ふっくらした娘になっていたのだ。ふたりの口は重くなり、ほとんど無意識のうちに、目と目をかわして、うなずきながら考えていた。そろそろいい相手を探してやらなきゃならないね。電車が目的の駅に着いて、娘が最初に席を立ち、若いからだを伸ばしたとき、ふたりにはそれが、自分たちの新しい夢とよい意図を保証してくれるもののように思えた。

アカデミーで報告する

アカデミーのみなさん

光栄にもこのアカデミーに招かれ、以前ぼくがサルだったときのことを報告するように依頼されました。

でも残念ですが、きちんと依頼にこたえることができません。サルだったときからほぼ5年がたっています。カレンダーで考えれば短い時間です。けれどもそこをギャロップしてきた本人には、気が遠くなるほど長い時間なのです。ときにはすぐれた人に伴走してもらい、アドバイスや拍手に応援してもらい、オーケストラに伴奏してもらいました。しかし基本的にはひとりぼっちだった。どんな伴走も応援も伴奏も、たとえていえば、仕切りの柵のむこう側にとどまったままだったからです。どうしてぼくが人間になれたのか。かたくなに自分の生まれや若いころの記憶にこだわろうとしなかったからでしょう。自分にたいするあらゆるこだわりを捨てること。それこそが自分に課した至上命令だった。自由なサルだったぼくは、そういうふうに自分を束縛したのです。しかしおかげで自分の記憶のほうがどんどん閉じていった。最初のうちぼくは、人間に望まれれば、大きな門を自由に通ってサルに戻れた。地上にかぶさっている空が大きな門だったのです。しかしぼくがムチ打たれてどんどん成長していくと同時に、門はどんどん低くなり、狭くなった。ぼくはますます人間界に閉じこめられた感じがして、居心地がよくなっていった。ぼくの過去から吹きつけていた強風がおさまった。いまではそれは、かかとにひんやり感じられるすきま風にすぎません。すきま風が通ってきた遠くの穴は、ぼくも通ってきたわけですが、すっかり小さくなってしまった。もしも過去に戻る気持ちとエネルギーがあるとしても、ぼくがその穴を通れば、皮をひどくすりむくにちがいないでしょう。はっきり言います。この種のことは遠回しに言いたいところですが、はっきり言います。みなさんも以前はサルだったわけですが、過去との距離なら、ぼくと大差ありません。地面を歩けば、誰でもかかとがムズムズします。小さなチンパンジーでも、大きな英雄アキレスでも、おなじように。

ポイントをしぼれば、みなさんの質問に答えられるかもしれません。それはぼくにとって大きな喜びです。最初に覚えたのは、握手することでした。握手は、心を開いていることの証明です。きょうのぼくは人生のクライマックスを迎えているわけですが、あの最初の握手について率直なコメントを加えさせていただきます。とはいえアカデミーには特別に新しいことではないでしょうし、期待はずれに終わるかもしれません。期待にこたえようとしてもぼくにはムリな相談ですし。——ともかくこれは、以前サルだった者が人間界に入りこんで定住するまでのガイドラインである、と考えてください。ささやかな報告ですが、こうやってお話しできるのも、ぼくには自信があるからです。文明社会のどんな一流サーカスにでも、かならずちゃんと出番があるからです。

ぼくが生まれたのは西アフリカの黄金海岸。ぼくの捕獲については、他人の報告に頼るしかありません。ところでハーゲンベック商会の狩猟探検隊の隊長とは赤ワインを何本も空ける仲となっていくわけですが、日が暮れてから群れといっしょに水飲み場に行ったとき、その狩猟探検隊が岸辺の茂みで待ち伏せしていたのです。ハンターが撃ち、命中したのはぼくだけ。2発くらいました。

1発はほっぺた。かすった程度だったけど、ずるっと剃られたように赤い大きな傷あとが残りました。おかげで赤のペーターなんてあだ名をつけられてしまった。不愉快だし、まったくもって的はずれ。まさしくサル知恵が考えたあだ名です。まるでこれじゃ、つい先日くたばったけど、ほら、あの、曲芸ザルのペーターといっしょにされかねない。あいつとちがうのは、ほっぺたの赤い傷だけですからね。あれぇ、ちょっと脱線しちゃいました。

2発目は腰のしたに当たりました。重傷です。おかげでいまでもちょっと足を引きずってます。最近、ある新聞記事を読みました。ぼくのことについて書きたてる軽薄な連中はごまんといます。たとえば、赤のペーターの、サルの本性はまだきちんと抑制されていない。それが証拠に、来客があると赤のペーターは好んでズボンをぬぎ、あの弾痕を見せたがるのである、などと書いている。こんな記事を書いたやつの手の指は1本ずつ全部ポキポキ折ってやりたい。ぼ、ぼくだって、気に入った人の前で、ズボンをぬいだっていいでしょう。見えるのは、手入れのいきとどいた毛と傷あとだけ。その傷あとは——ここでは意図的に、特定の言葉を使いますが、誤解しないでくださいーーけしからん人間どもが撃った弾のせいです。すべてが明白で、なにひとつ隠しようもない。真実が問題であるとき、腹のすわった人間なら、どんなに優雅な作法でもかなぐり捨てるものです。ところが逆に、あの記事を書いた人が、来客のときズボンをぬぐとすれば、ちがった見方をされることでしょう。ぼくとしてはその人がズボンをぬがなければ、理性のある証拠だと認めるつもりです。しかしそれなら、あんな思いやりのある記事でぼくをわずらわせるのもやめてもらいたい。

撃たれてから目を覚ましたのは——このあたりからだんだんぼく自身の記憶がはじまるわけですが——ハーゲンベック商会の汽船の中甲板においてある檻のなか。四方に格子のついた檻ではなく、3面の格子が木箱にくっつけられたもので、木箱が4番目の壁になっていた。天井が低すぎて、ちゃんと立つことができず、幅が狭すぎて、すわることもできない。だから曲げたひざをずっとガタガタふるわせながら、中腰でいたのです。しかも最初のうちは誰とも顔を合わせたくなく、ずっと暗がりにいたかったので、木箱のほうをむいていました。お尻の肉に格子の棒を食いこませて。捕まえてすぐのあいだ野生動物はそんなふうに保管するのがいいとされていますが、実際、人間の側からすれば好都合ですね。いまでは、ぼくの経験からいっても、そう思います。

しかし当時はそんなふうには思わなかった。生まれてはじめて出口がなかったのです。すくなくともまっすぐ逃げることはできない。まっすぐ目の前には木箱があり、板と板ががっしりくっついていた。もちろん板と板のあいだにはすきまがあって、はじめてそれを発見したとき、うれしくて分別もなく吠えたのですが、狭すぎて尻尾を突っこむどころではなく、サルの力をふりしぼってもこじ開けられなかった。

後で聞いたところによると、ぼくは異常に静かだったそうです。だからすぐに死んでしまうか、もしも最初の危機を生きのびることができれば、とても調教しやすいサルになるだろうと思われたらしい。そしてぼくは生きのびた。声を殺してすすり泣いたり、痛い思いをしてノミを探したり、眠そうにココナツをなめたり、木箱の壁に頭をゴツンゴツンと打ちつけたり、誰かが近づくと、歯をむいて舌を出したり――こういうことが、新しい生活で最初にやったことでした。しかしどんなことをしても感じていたのは、出口がないということだけだった。サル時代に感じたことを、いまは人間の言葉でなぞることしかできないので、もちろん歪曲もあるでしょう。でも以前のサルの真実に到達できなくなってしまっているにしても、すくなくとも大筋においてはまちがっていないはずです、絶対に。

これまでいくらでも出口はあったのに、いまはひとつもない。身動きひとつできなかった。釘づけにされていても、ぼくの移動の自由はへりもしなかったでしょう。どうしてまた？　足の指のあいだの肉をひっかいてみても、理由はわからないでしょう。お尻を格子の棒に押しつけて、からだをふたつに割れそうにしても、理由はわからないでしょう。出口がなかった。でも出口を見つけなければ。出口なしでは生きていけないからだ。ずっとこの木箱の壁にはりついたままだと――絶対くたばっていたことでしょう。しかしサルの居場所は、ハーゲンベックのところでは木箱と決まっている。──だったら、サルであることをやめるんだ。なんと透明で美しい思考のプロセスでしょう。それは、ぼくのお腹で考え出されたものにちがいない。サルはお腹で考えるものですから。

出口とはなにか。ぼくの理解していることが精確に理解されているのかどうか、心配です。ごくごく日常的で、ごくごく広い意味でぼくはこの言葉を使っているのです。わざと自由とは言わない。つまり、すべての方向にひらかれた自由という、偉大な感情のことではないのです。サル時代のぼくはそれを知っていたかもしれません。それにあこがれる人間たちとも知り合いになりました。しかしぼく自身は、昔もいまも自由を求めません。ちなみに、自由ということを人間たちはあまりにもしばしば勘違いしている。自由はもっとも高貴な感情と思われていますが、それに対応する錯覚もまた、もっとも高貴な感情だと思われているのです。しばしばサーカスではぼくの出番の前に、曲芸師ふたりがペアを組んで天井高く空中ブランコをしていました。ブランコに飛び乗り、大きくこいで、ジャンプして、相方《あいかた》の腕のなかに飛びこんで、髪の毛を相方の歯でくわえてもらう。「おお、こういうのも人間の自由なのか」とぼくは思った。「手前勝手な運動だな」。神聖な自然を馬鹿にしてるんじゃないか、と思ったわけです。そのシーンをサルたちが見たら、ゲラゲラ大笑いして、どんな建物もくずれてしまうでしょう。

いや、自由なんかほしくない。出口さえあればいい。右でも、左でも、いやどこでもいい。ほかにはなにひとつ要求しなかった。出口が錯覚であってもかまわない。要求は小さかった。だから錯覚だって、大きくはないでしょう。さあ、行くんだ。さあ、行くんだ。木箱の壁に押しつけられ、腕をあげたままじっとしてるなんて、ごめんだ。

いま、はっきりわかっています。あんなに落ち着いた気持ちでなかったら、脱出なんてできなかったでしょう。実際、ぼくがこんなふうになれたのも全部、あの落ち着きのおかげなんです。あの船で何日かすごしてから突然、気持ちが落ち着いた。で、誰が落ち着かせてくれたのかといえば、たぶん乗組員たちです。

ともかく、いい人たちだった。いまでもあの足音が懐かしい。うとうとしていたとき、ドシンドシンと響いたものです。あの人たちは、どんなことでもじつにのんびりやるのが癖だった。目をこすろうとするなら、手を錘《おもり》のようにゆっくりあげる。冗談はがさつだけど、心がこもってた。笑うといつも咳こんでた。重病人みたいな咳だったけれど、どうってことはない。いつも口にはつばや痰《たん》がたまっていて、どこでもお構いなしに吐いていた。おまえのノミが跳んでくるんだぜ、といつも文句を言ったけど、本気で怒ってはいなかった。ぼくの毛のなかでノミが大きくなることや、ノミが跳ぶことを、ちゃんとわかってたから、仕方ないと思ってくれていた。非番のときなんか、ぼくの檻のまわりに何人かがすわることもあった。ほとんど口をきかず、喉を鳴らすだけでした。木箱のうえで寝そべってパイプを吹かした。ぼくがかすかに動いただけで、ひざをたたいた。ときどき誰かがステッキをもってきて、ぼくを上手にくすぐり、うっとりさせてくれた。もしもいま、あの船で旅をしようと招待されたら、たしかに断るでしょう。でも、あの中甲板の忘れられない思い出は、不愉快なものばかりではないことも、たしかなのです。

この乗組員たちにかこまれて気持ちが落ち着いたからこそ、ぼくは逃げようなどと考えなかった。いまにして思えば、ぼくはすくなくとも気づいていたようです。生きるつもりなら、出口を見つけなきゃならない。でも出口は逃げたって見つからないんだ、と。実際、逃げることができたかどうか、もうわかりません。しかし、サルならいつでも逃げることができるはずだ、という思いはあります。いまのぼくの歯では、普通のクルミの殻を割るときでさえ用心が必要だけど、当時だったら、ドアの錠前だって嚙み切ることができるようになっていたにちがいない。でも嚙み切らなかった。そんなことをして、なにになったのだろう。檻から頭を出すやいなや、すぐに捕まえられて、もっと大変な檻に閉じこめられたでしょう。いや、こっそり抜けだして、ほかの動物のところに逃げこんだかもしれない。むかいの檻の大蛇のところなんかに逃げこんで、しっかり抱きすくめられて、息絶えていたかもしれない。なんと甲板まで抜けだして、船から飛び降り、しばらく大海原でどんぶらこと揺られてから、溺死したかもしれない。どれも捨て鉢の行動です。ぼくは人間みたいに計算はしなかった。でも周囲に影響されて、計算したみたいにふるまったわけです。

計算はしなかった。けれどもじっくり落ち着いて観察をした。この人たちがあちこち歩いているのを見ました。みんないつもおなじような顔をして、おなじように動いてた。しばしば、みんながひとりでしかないように思えたものです。つまりこの人、いや、この人たちは好き勝手に歩いてたわけです。高い目標がしだいに心に浮かんできた。この人たちのようになれば、格子を開けてやるぞ、と約束されたわけじゃない。実現しそうにもないことを前提にして、約束されるわけはない。でも実際に実現されたら、まさに以前はありえないと思われていたことが、後では約束もされるのです。もっともこの人たちに、特別な魅力はどこにもなかった。前に言った自由をぼくが信奉しているなら、きっと大海原のほうを選んだでしょうね。この人たちのどんよりした視線にうかがわれる出口なんかより。ともかくずいぶん長いあいだ観察してから、こういうことを考えたのです。そう、観察を蓄積してはじめて、ぼくの方向がどーんと決まったわけなんです。

乗組員たちの真似をするのは簡単だった。つばを吐くことなど最初の何日かでマスターしました。おたがい、顔につばをかけ合ったものです。ちがいがあったとすれば、ただひとつ。ぼくは後で自分の顔をきれいになめたのに、乗組員たちはそれをしなかった。パイプもすぐ、老人みたいなくわえ方ができるようになりました。パイプをもって親指を雁首《ボウル》に押しこんでみせると、中甲板が歓声をあげました。とはいえタバコを詰めたパイプと詰めてないパイプのちがいは、なかなかわからなかった。

いちばん苦労したのは蒸留酒《アルコール》のボトル。臭いがだめだった。必死に耐えて何週間かして、ようやくがまんできるようになりました。その葛藤を乗組員たちは不思議なことに、ほかのどんなときよりも深刻に考えてくれました。記憶のなかではひとりひとりの区別がつかないのですが、何度もやってくる人がいた。ひとりでやってくるときもあったし、仲間といっしょのときもありました。昼も、夜も、それこそいろんな時間にやってきた。ボトル片手にぼくの前に立ち、レッスンをはじめるのです。ぼくのことが理解できず、ぼくという存在の謎を解きたかったのでしょう。ゆっくりボトルのコルクを抜くと、じっとぼくを見つめて、ぼくが理解したかどうかチェックしている。じつはぼくも、いつも相手を猛烈に注意深く見ていたのですが。そんな人間の生徒に人間の先生が出会うことなんて、この地球ではないでしょう。コルクをはずしてから、ボトルをもちあげ口にあてる。ぼくは目で男の喉まで追いかける。男はうなずき、ぼくに満足し、ボトルをくちびるにあてる。ぼくはだんだん事情がわかってきてうれしくなり、キーッキーッと鳴きながら、からだじゅうをかきむしる。男は喜び、ボトルをくわえ、ぐいと飲む。ぼくは、どうしようもなくその真似がしたくなり、檻のなかで漏らしてしまうのですが、それがまた男にはたまらなくうれしい。こんどはボトルをぐっと前に差しだして、勢いよくもちあげ、教師根性まるだしで大げさにのけぞりながら、一気に飲んでみせる。ぼくは過大な要求に疲れきり、もう真似することもできず、ぐったり格子にへばりついているわけです。これで講義はおしまい。その合図に、先生はお腹をなでてニヤリと笑うのです。

さてこれから実際の練習がはじまります。ぼくは講義ですでに疲れはてていたのではないか。たしかに疲れはてていた。それがぼくの運命なんです。でもボトルが差しだされると、できるだけ上手につかみ、ふるえながらコルクを抜く。それがうまく行くと、だんだんエネルギーが戻ってくるのです。ボトルをもちあげるときは、ほとんどお手本どおり。それからボトルに口をつけるのですが――たまらずオエッとなって、そうなんです、オエッとなったのは、ボトルは空っぽなのに臭いだけはたっぷり残っていたからで、たまらずオエッとなってボトルを床に投げつけました。先生はがっかり。ぼくはもっとがっかり。ボトルを投げつけたのに、ぼくは忘れず、うまくお腹をなでながらニヤリと笑ったのですが、先生もぼくも気持ちは晴れなかった。

たいてい授業はこんな具合でした。先生の名誉のために言っておくと、ぼくに腹を立てることはなかった。もっとも、火のついたパイプをぼくの毛皮に押しつけて、ぼくの手が届かない場所がくすぶりはじめることもあったけど、そんなとき先生はやさしく自分の大きな手で消してくれたのです。ぼくに腹を立てることはなかった。先生にはわかっていた。ぼくたちはサルの本性にたいして共同戦線を張っていたのです。ぼくのほうがむずかしい持ち場にいたわけですが。

ともかくあのときは先生にとってもぼくにとっても、輝かしい勝利だった。ある晩、たくさんの見物客のいるところで——もしかしたらパーティーだったかもしれない。蓄音器が鳴らされ、上級船員が乗組員たちのあいだにいましたから。——その晩ぼくは、檻の前にうっかり置き忘れられていた蒸留酒《アルコール》のボトルを、誰も見てないすきにつかんだのです。するとみんなが興味をもって見はじめました。ぼくは教わったとおりにコルクを抜き、ボトルに口をあて、ためらうことなく、口ひとつゆがめず、プロの酒飲みみたいな顔をして、目をぎょろつかせ、喉をごくごく鳴らしながら飲んで、なんとボトルを空っぽにしたのです。それからボトルをやけくそになってではなく、アーティストのように投げました。ところがお腹をなでるのを忘れたのですが、そのかわり、酔いがまわって、衝動に駆られ、どうしようもなくなって、短くはっきり、「ハロー」と叫んだ。人間の声が出たのです。そう叫んでぼくは人間の共同体に飛びこみ、「おい、こいつ、しゃべったぞ」という反響を感じたわけです。汗まみれのからだにキスされたみたいでした。

くり返します。人間の真似に魅力を感じたわけではありません。真似したのは出口を求めたからです。それだけの理由です。いま話した勝利にもほとんど収穫がなかった。声はまたすぐ出なくなりました。出るようになったのは何か月もたってからです。蒸留酒《アルコール》のボトルにたいする嫌悪感はますます強くなりました。でもともかくぼくの方向はきっぱり定められた。

ハンブルクではじめて調教されることになったとき、すぐぼくは、ふたつの可能性が自分にあることに気づきました。動物園かサーカスです。ためらうことなく自分に言い聞かせました。全力をつくしてサーカスに行け。それが出口なんだぞ。動物園は新しい檻にすぎない。そんなところに入ったら、破滅するぞ。

そしてぼくは勉強した。勉強するしかないときは、勉強します。出口がほしければ、勉強します。わき目もふらず勉強します。自分にムチ打って自分を監視します。ちょっとでも反抗すると自分で自分を責めるのです。サルの本性が、からだをまるめて猛スピードでぼくの中から脱走した。そのため最初の先生などは、自分のほうがサルのようになり、やがて授業を放棄して、精神病院に入れられてしまった。さいわい、まもなく復帰しましたが。

しかしぼくは先生をたくさん使いつぶしてしまった。一度に何人も使いつぶしたことがあります。自分の能力に確信をもつようになって、世間がぼくの進歩に注目して、ぼくの将来が輝きはじめたとき、自分で複数の先生を雇いました。並びの5部屋に待機してもらって、みんなから同時に習ったわけです。しょっちゅう部屋から部屋へ跳びまわりながら。

この進歩！　目覚めはじめた脳に、あらゆる方面から知の光線が浸透していったわけなのです。実際、うれしかった。しかし事実またぼくは、それを過大評価もしなかった。当時から、そしていまはもちろん。これまで地上でくり返されたことのない努力によって、ぼくはヨーロッパ人の平均的教養を身につけたのです。それだけでは大したことではないかもしれない。けれどもそのおかげでぼくは檻から脱出できたのだし、この特別の出口、人間という出口が見つかったという意味では、やはり価値があることです。ドイツ語には、「茂みに入る」というすばらしい表現があります。「姿をくらます」という意味です。ぼくは茂みに入った。姿をくらました。それ以外に道はなかった。もちろん、自由は選択肢にない、ということを前提にしての話ですが。

ぼくの発達、そしてこれまでの到達点《ゴール》をながめてみると、不平はありません。満足でもありませんが。手をズボンのポケットに突っこみ、ワインボトルをテーブルに置き、横になるのでもなく、すわるのでもない格好でロッキングチェアにおさまって、窓の外を見ているのです。客が来れば、それなりの応対をする。マネージャーが控室にいるので、ベルを鳴らせば、やってきて、用事を聞いてくれる。夜になるとたいてい公演があり、ぼくは、それ以上ないような成功をおさめる。夜遅く、祝宴《バンケット》や学会の集まりや楽しいパーティーから戻ってくると、調教中の若いメスのチンパンジーが待っているので、サルの流儀で楽しみにふける。昼間はその子の顔など見たくもない。調教で混乱した動物の狂気が目にあらわれているからです。それがわかるのはぼくだけで、ぼくにはそれが耐えられない。

だいたいのところ、手に入れようと思ったものは、ともかく手に入れました。努力する価値のないものだった、なんて言わないでください。そもそもぼくは人間の批評など望んでいないのです。ぼくが望んでいるのは、知識をひろめることだけ。ぼくは報告するだけです。ですから、アカデミーのみなさんにも報告しただけなのです。

掟の前で

掟の前に門番が立っていた。この門番のところに田舎から男がやってきて、掟のなかに入れてくれと頼んだ。だが門番は言った。まだ入れてやるわけにはいかんな。男はじっと考えてから、たずねた。じゃ、後でなら入れてもらえるのかい。「ああ、そうだな」と門番が言った。「でも、いまはだめだ」。掟の門はいつものように開いていて、門番がわきに寄ったので、男は身をかがめて中をのぞきこんだ。それに気づいた門番が、笑って言った。「そんなに気にいったのなら、入ってみたらどうだ。おれの制止を無視して。だが忘れるな。おれには力がある。おまけに、おれは一番下っ端の番人にすぎん。広間と広間のあいだにも番人がいて、先の広間にいくほど番人の力が強い。このおれでさえ、3番目の番人の姿を見ただけで、大変な目にあうんだから」。

こんなやっかいなことがあるとは田舎の男は考えてもいなかった。掟というものは誰にでもいつでも開かれてるべきじゃないか、と思った。しかし、毛皮のコートを着た門番をこれまで以上にしげしげとながめ、大きくてとんがった鼻、長くて細くて黒い韃靼《だったん》ひげを見て、男は決心した。いや、やっぱり待つか。入ってもいいぞと言われるまで。門番に腰かけをすすめられ、門扉のわきにすわった。そこに何日も何年もすわっていた。入れてもらえるよう、あれこれ試み、しつこく頼んで門番をうんざりさせた。門番はしばしば、尋問するような口調で、故郷《くに》のことなどあれこれ質問した。しかしそれはお偉方がするような気のない質問で、最後にはいつもこう言った。まだ入れてやるわけにはいかんな。田舎の男は、この旅のためにたくさんのものを準備してきていたが、門番を買収するために、たとえどんなに高価なものであれ、そのすべてを使った。門番はどれも受けとったが、受けとりながらこう言った。「受けとってやるが、ただそれは、おまえのためにすぎん。なにか、し忘れたことがあったんじゃないかと、おまえが思わんように」。長年のあいだ、男は門番をほとんど休まず観察した。ほかにも門番がいることを忘れ、この最初の門番こそ、掟に入る唯一の障害に思えた。男はこの不幸な偶然を、最初の何年かは思慮もなく大声でのろった。後になり年をとってからは、ひとりでボソボソとつぶやくだけだった。子どもっぽくなった。長年にわたる門番研究のおかげで、毛皮の襟《えり》にいるノミまで見わけることができたので、ノミにまで頼んだ。ひとつ助けてくれんか。門番の気持ち、変えさせたいんだよ。とうとう男の視力が落ちてきた。実際に周囲が暗くなったのか、自分の目だけが見えにくくなったのか、男にはわからない。しかし男はいま、掟の門扉から消えることなく漏れてくるひと筋の輝きに気がついた。命はもう長くなかった。死ぬ前、頭のなかで、これまでのすべての時のあらゆる経験が収束して、ひとつの質問となった。これまで門番にしたことのない質問だ。男は門番に手で合図した。硬くなっているからだを起こすことができないからだ。門番は男のほうに身をかがめてやった。からだのサイズが男には不都合なことにすっかり変わってしまっていたのだ。「いまさら、なにを知りたいんだ」と門番がたずねた。「満足するってことを知らないのか」。「みんな、掟のところにやってくるはずなのに」と男が言った。「どうして何年たっても、ここには、あたし以外、誰もやってこなかったんだ」。門番には男がすでに死にかかっていることがわかった。聞こえなくなっている耳に聞こえるような大声でどなった。

「ここでは、ほかの誰も入場を許されなかった。この入り口はおまえ専用だったからだ。さ、おれは行く。ここを閉めるぞ」

解説——ピリオド奏法の時代がやってきた

丘沢静也

この文庫本は、カフカ（１８８３～１９２４）が生前に出版した４つの作品の、翻訳です。

4つの作品について

『判決』（Das Urteil）は、カフカが１９１２年9月22日夜10時から23日朝６時にかけて、一気に書きあげた物語。ストラヴィンスキーの音楽をアドルノは「音楽以後の音楽」と呼んだが、それを受けてクンデラは、カフカの文学を「文学以後の文学」と呼んでいる。そのカフカがカフカになった作品である。「Fのために」のFは、当時の婚約者フェリーツェのこと。

『変身』（Die Verwandlung）は、１９１２年に書かれた。「家族」の物語が、（一部をのぞいて）虫の視点から、くっきり、緻密に、リアルに描かれている。『変身』を本にするとき版元は、虫になったグレーゴルの絵を表紙につけようとしたが、当然、カフカは拒否した。

カフカはこの物語を、友だちに笑いながら読んで聞かせたと伝えられている。悲しい場面であっても、どこか滑稽だ。たとえば、「ほっぺたとほっぺたをくっつけてすわっている」母親と妹は、隣の部屋で「涙と涙を混ぜあわせているか、涙すら出ずにじっとテーブルを見つめているかなのだ」（本書101～102ページ）

カフカは、クンデラが言うように、感傷的な涙とは縁のない反ロマン主義者である。

『変身』初版本の表紙。
オトマル・シュタルケ絵

よく切れる包丁でタマネギを切ると、涙は出ない。カフカを読んでも、あまり泣くことがない。そのかわりニヤリとする。ハッと息をのんで動けなくなることもある。笑いの奥には、涙すら出ない深刻な事態があるから？ 私はカフカを読むとき、ときどきケストナーの名言を思い出す。「人生を重く考えることは、かんたんだ。だが人生を軽く考えることは、むずかしい」

傑作『百年の孤独』を書いたマルケスは、『変身』に影響されて、魔術的リアリズムに開眼したらしい。「ちがったふうに書くことができる、と教えてくれたのはカフカだった」と語っている。「ちがったふうに」とは、クンデラの説明によれば、本当らしさの境界を超えることである。（ロマン派のように）現実の世界から逃避するためではなく、現実の世界をもっとしっかり把握するために。

『アカデミーで報告する』（Ein Bericht für eine Akademie）は、１９１７年に書かれた。短編集『田舎医者』に収録。

『掟の前で』（Vor dem Gesetz）は、１９１４年に書かれた。短編集『田舎医者』に収録。この短い話は、たったひとつの段落で書かれており、カフカ自身、とても気に入っていた。小説『訴訟』第９章「大聖堂で」のなかでも、聖職者がこのたとえ話を語っている。

『掟の前で』は、カフカの作品としては現在、言及・引用数ナンバーワンかもしれない。『掟の前で』にかぎらない。カフカについては誰もが語りたがる。カフカのたとえ話は、「文学の『ロールシャッハ・テスト』だ。解釈で明らかになるのは、カフカの本質ではなく、解釈者の性格である」(H・ポリツァー)。読者の数だけ、カフカ解釈がある。現代ドイツの「文学の教皇」M・ライヒ=ラニツキは、「大聖堂で」で聖職者が語る言葉を引いて、ピーチクパーチクに警告を発している。「書かれたものは不変だが、意見というものは、しばしば、そのことにたいする絶望の表現にすぎない」

ブロート問題

ところでカフカの場合、「どういうカフカ」を読んでいるのか、が問題になる。

生前、カフカは無名のサラリーマン作家だった。死んだ年の1924年までに出版された作品もごくわずか。短編集では『観察』、『田舎医者』、『断食芸人』。短編では『火夫』、『判決』、『変身』、『流刑地で』。どれも小冊子のように薄い本だから、これらの短編を全部——新聞・雑誌にだけ発表されたテキストも含めて——集めても、1冊にまとめることができる程度の分量だ。実際、批判版カフカ全集では、〈生前に印刷されたもの〉として1巻(451ページ)に収められている。ちなみに批判版カフカ全集で、作品のテキストは全部で7巻。

カフカの作品の大部分は、カフカの死後、カフカの遺言に反して、カフカの友人でチェコの作家、マックス・ブロート（1884〜1968）の手によって出版された。カフカは遺言で、未完の小説、未完の短編、日記、手紙をすべて破棄してほしいと頼んだという。自分の書いたもので価値があるのは、『判決』、『火夫』、『変身』、『流刑地で』、『田舎医者』、『断食芸人』だけだと考えていた。「自分の書いたものは全部、焼き捨ててほしい」という遺言は、ブロートのつくった神話らしい。

しかし、ブロートがカフカの遺言を無視していなかったら、私たちは『アメリカ』（批判版カフカ全集では『失踪者』）も、『訴訟』も、『城』も読めず、カフカの名前すら知らないままだっただろう。それだけではない。ブロートは作曲家ヤナーチェクの存在も私たちに教えてくれた。チェコに生まれた、20世紀の天才ふたりの作品に接することができるのは、ブロートのおかげである。いくら感謝しても感謝しすぎることはない。

けれどもブロートがプレゼントしてくれたカフカは、ブロートの編集したカフカだ。編集が介入している。

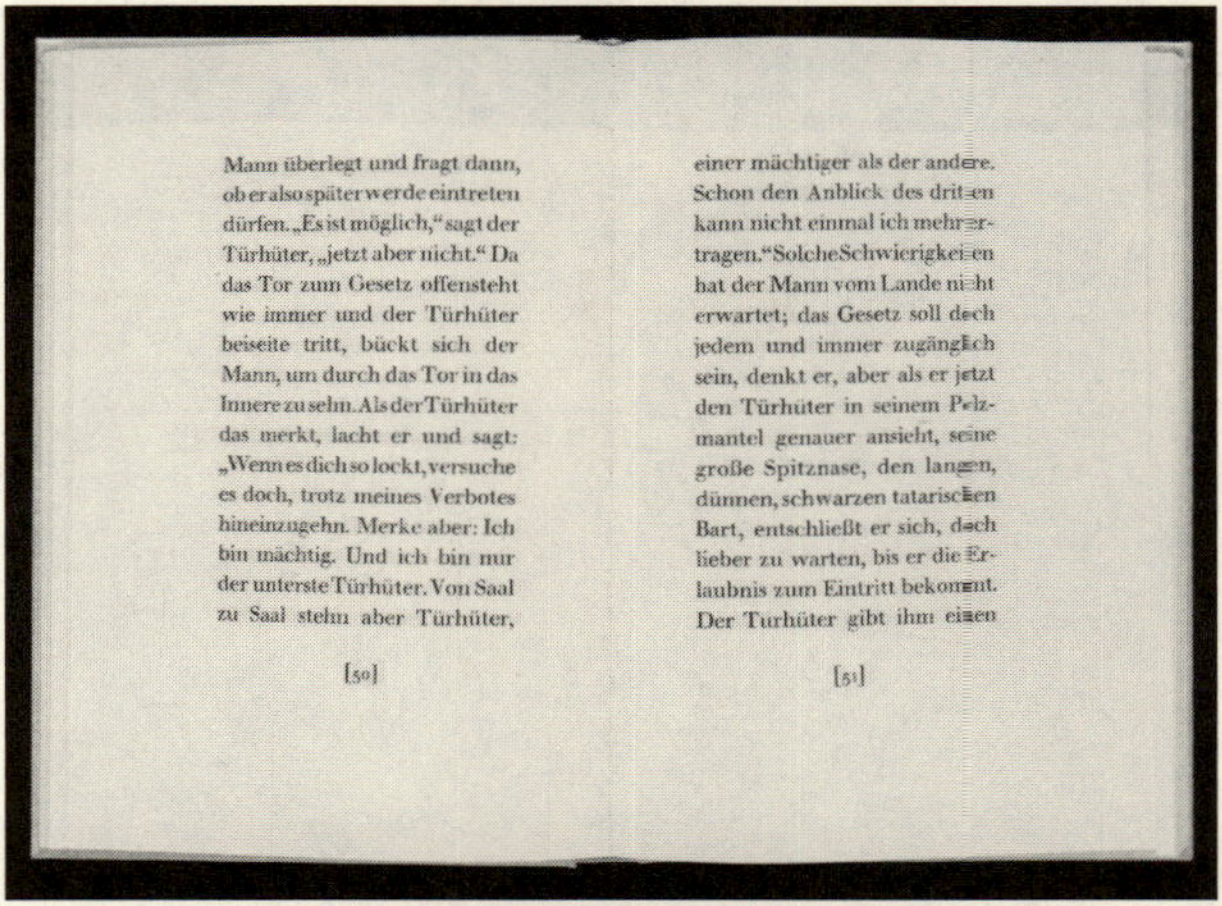
Mann überlegt und fragt dann,
ob er also später werde eintreten
dürfen. „Es ist möglich," sagt der
Türhüter, „jetzt aber nicht." Da
das Tor zum Gesetz offensteht
wie immer und der Türhüter
beiseite tritt, bückt sich der
Mann, um durch das Tor in das
Innere zu sehn. Als der Türhüter
das merkt, lacht er und sagt:
„Wenn es dich so lockt, versuche
es doch, trotz meines Verbotes
hineinzugehn. Merke aber: Ich
bin mächtig. Und ich bin nur
der unterste Türhüter. Von Saal
zu Saal stehn aber Türhüter,

[50]

einer mächtiger als der andere.
Schon den Anblick des dritten
kann nicht einmal ich mehr er-
tragen." Solche Schwierigkeiten
hat der Mann vom Lande nicht
erwartet; das Gesetz soll doch
jedem und immer zugänglich
sein, denkt er, aber als er jetzt
den Türhüter in seinem Pelz-
mantel genauer ansieht, seine
große Spitznase, den langen,
dünnen, schwarzen tatarischen
Bart, entschließt er sich, doch
lieber zu warten, bis er die Er-
laubnis zum Eintritt bekommt.
Der Türhüter gibt ihm einen

[51]

「掟の前で」（『田舎医者』初版復刻本）

たとえば未完の小説『失踪者』を、ブロートは勝手に『アメリカ』という題名にして、主人公が救われる結末にした。また、カフカの『日記』——日記は創作ノートでもあった——を編集したとき、性的な記述をカットした。などど、数えあげればきりがない。

ブロートはカフカを宗教思想家に仕立てようとした。その方針を物語っているのが、ブロートの書いたカフカ解釈本のタイトルである。『カフカ伝』、『カフカの信仰と教え』、『道標となるカフカ』、『カフカ作品における絶望と救い』。

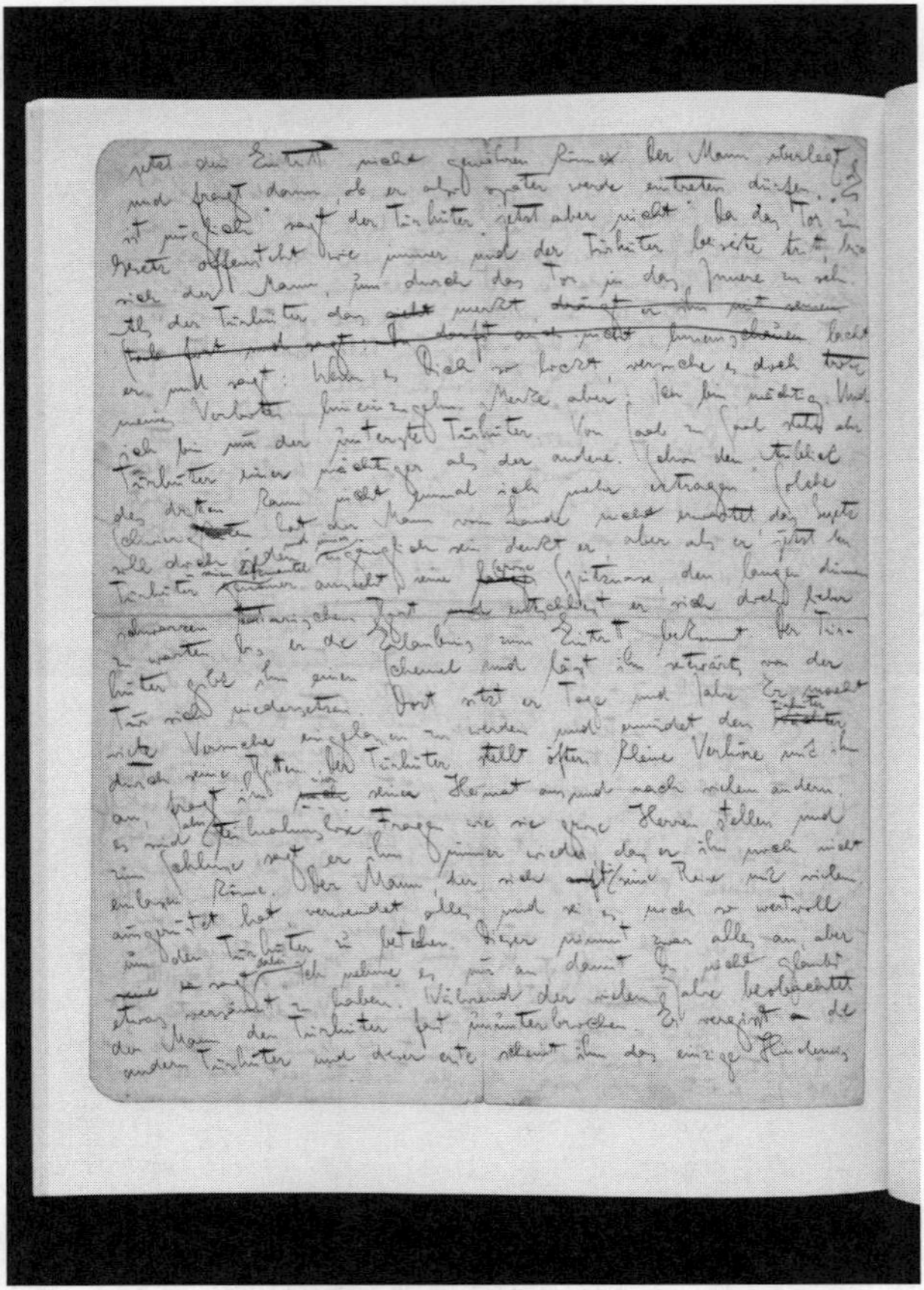

『訴訟』の「大聖堂で」で語られている「掟の前で」（史的批判版）

こうして、まじめで、深刻な「カフカ」、文学というよりは思想や宗教でしかない「カフカ」がプロデュースされ、カフカ論の大行進がはじまり、カフカ産業が生まれた。

でもね、論よりカフカ。カフカ論はともかく、カフカは楽しい。1968年のブロートの死とともにカフカのノート類が読めるようになり、新しいカフカが姿をあらわしはじめた。

新しいカフカ全集、もっと新しいカフカ全集

カフカ全集はこれまでのところ、3種類ある。

1　**ブロート版カフカ全集**（ショッケン書店↓フィッシャー書店）。1935年〜。最初の全集は1935年。1946年の全集で世界的なカフカ・ブームになる。その後も改訂を重ねていくが、編集方針は、「読みやすい作品」として提示すること。このブロート版カフカ全集を底本にしているのが、新潮社のカフカ全集だ。

2　**批判版カフカ全集**（フィッシャー書店）。1982年〜。

1968年のブロートの死とともに、カフカのノート類が読めるようになり、19

74年からペイスリーたちカフカ学者グループが、カフカの手稿にもとづいて「忠実に」テキストを確定した全集。まず1982年に『城』が出てから、『失踪者』、『訴訟』、『日記』、『遺稿I』、『遺稿II』、『生前に印刷されたもの』、『手紙1900─1912』、『手紙1913─1914』、『職務文書』、『手紙1914─1917』とつづいている。

文学作品は、「テキスト編」の巻と「資料編」の巻でワンセットになっている。「資料編」では、カフカの加筆・抹消をはじめ、句読点のひとつひとつの異同にいたるまで、詳細に報告している。

この批判版カフカ全集を底本にしているのが、白水社のカフカ小説全集/カフカ・コレクション。白水社の本では、「新校訂版」と呼んでいる。

3 **史的批判版カフカ全集**（シュトレームフェルト書店）。1995年〜。

カフカの手稿にもとづいた批判版カフカ全集であっても、テキストを確定する作業のときに編集のバイアスがかかってしまう。そこでローラント・ロイスたちは、テキストの編集を断念して、カフカの書いたもの（手稿、印刷されたもの、タイプで打ったもの）をそのまま提示しようと考えた。それが史的批判版カフカ全集である。まず1

『変身』の冒頭
（批判版カフカ全集）

I.

Als Gregor Samsa eines Morgens aus unruhigen Träumen erwachte, fand er sich in seinem Bett zu einem ungeheueren Ungeziefer verwandelt. Er lag auf seinem panzerartig harten Rücken und sah, wenn er den Kopf ein wenig hob, seinen gewölbten, braunen, von bogenförmigen Versteifungen geteilten Bauch, auf dessen Höhe sich die Bettdecke, zum gänzlichen Niedergleiten bereit, kaum noch erhalten konnte. Seine vielen, im Vergleich zu seinem sonstigen Umfang kläglich dünnen Beine flimmerten ihm hilflos vor den Augen.

„Was ist mit mir geschehen?" dachte er. Es war kein Traum. Sein Zimmer, ein richtiges, nur etwas zu kleines Menschenzimmer, lag ruhig zwischen den vier wohlbekannten Wänden. Über dem Tisch, auf dem eine auseinandergepackte Musterkollektion von Tuchwaren ausgebreitet war – Samsa war Reisender –, hing das Bild, das er vor kurzem aus einer illustrierten Zeitschrift ausgeschnitten und in einem hübschen, vergoldeten Rahmen untergebracht hatte. Es stellte eine Dame dar, die, mit

[115]

〔テキスト編〕

Entschluß, den Band 'In der Strafkolonie' heraus-
noch vor 'Ein Landarzt' erscheinen sollte – wurde
r, im Oktober 1918 gefaßt. Hieraus kann geschlos-
enauflage der 'Verwandlung' in zeitlicher Nähe zu
ellt und wohl bald darauf ausgeliefert wurde. Ein
ergibt sich aufgrund des Zensurstempels auf dem
ischen Mai 1917 und November 1918 erschienenen
gen (vgl. Abb. S. 180 sowie 'Der Heizer', Druckge-
Die zweite Auflage der 'Verwandlung' ist demnach
tember und November 1918 erschienen.
Ein Vergleich der Abweichungen zwischen der ersten und der zweiten Auflage zeigt, daß die erste zwar als Vorlage gedient hat, vor allem die relativ große Zahl von Satzfehlern und die sehr wahrscheinlich auf Eingriffe eines Lektors zurückzuführenden Veränderungen (vgl. etwa Varianten unter **131** 3, **132** 6, **142** 21–22, **172** 7 *und* **177** 16 *sprechen aber gegen eine Beteiligung Kafkas an diesem Druck. Für die Textwiedergabe in diesem Band wurde deshalb die erste Auflage (D) zugrunde gelegt.*

Eingriffe und Varianten:

113　1 ***E*** Die Verwandlung] *kein Titel H* Franz Kafka: | DIE VERWANDLUNG ‖ *D1* DIE | VERWANDLUNG | VON | FRANZ KAFKA ‖ *D D2*

115　1 I.] *Kapitelziffer fehlt H*
2 ***E*** Als] ALS *D1 D D2*
2 aus] aus [au^] *H*
4 ungeheueren] ungeheuren *D2*
5 sah,] sah *H*
6 gewölbten,] gewöbten *H*
6 braunen,] braunen *H*
8 Bettdecke,] Bettdecke *H*
8–9 bereit,] bereit *H*
9 noch] schon *H D1*
9 vielen,] vielen *H*
10 kläglich] [kläglich] ⟨ungemein⟩ *H*

191

〔資料編〕

９９５年に、イントロダクションの巻が出て、１９９７年に『訴訟』が出た。

未完の小説『訴訟』は、章立てをした1冊の本ではなく、カフカの残した紙束がそのまま16分冊になって、囚人服みたいな柄の箱に収められている。

史的批判版は、紙本とCD-ROMの2本立て。紙本は、見開き対照で、片方のページに手稿の写真、もう一方のページにその古文書学的翻字というスタイル。生前

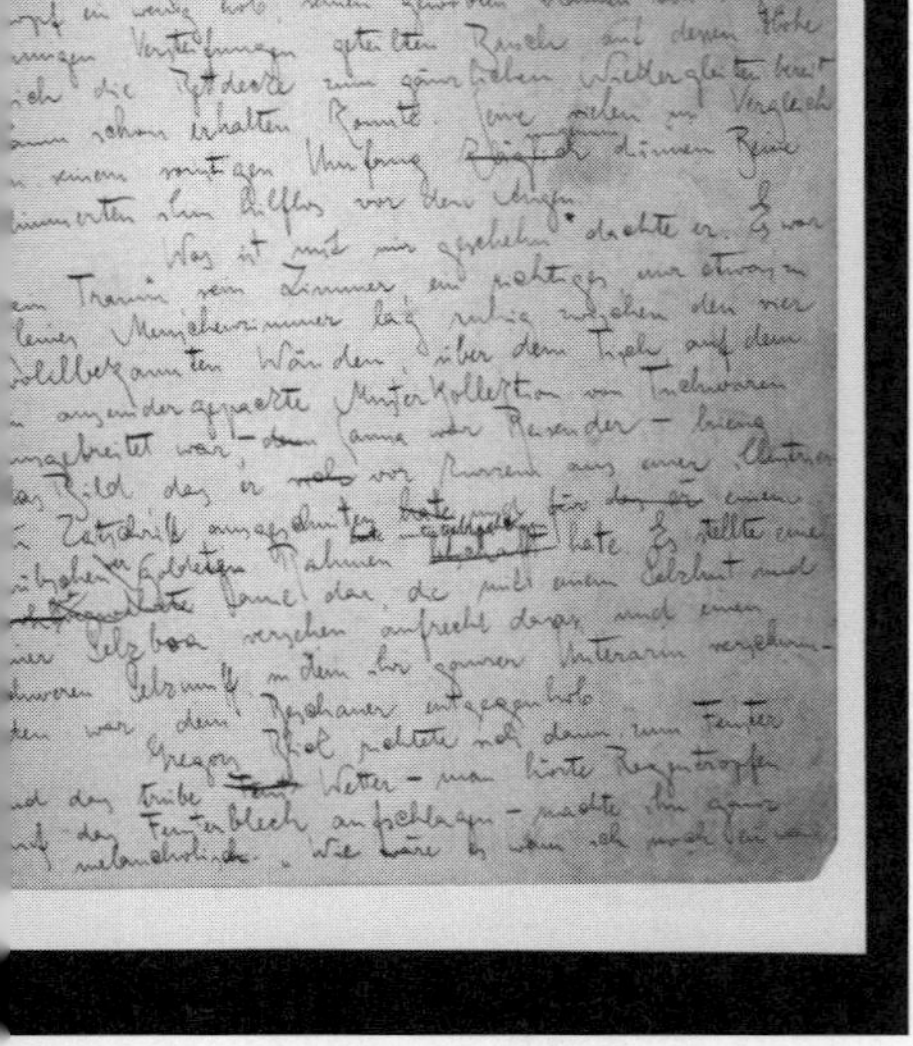

『変身』の冒頭（史的批判版カフカ全集）

に出版された本は復刻版で。紙ベースのデータは全部、ＰＤＦファイル化されてＣＤ－ＲＯＭに収められている。

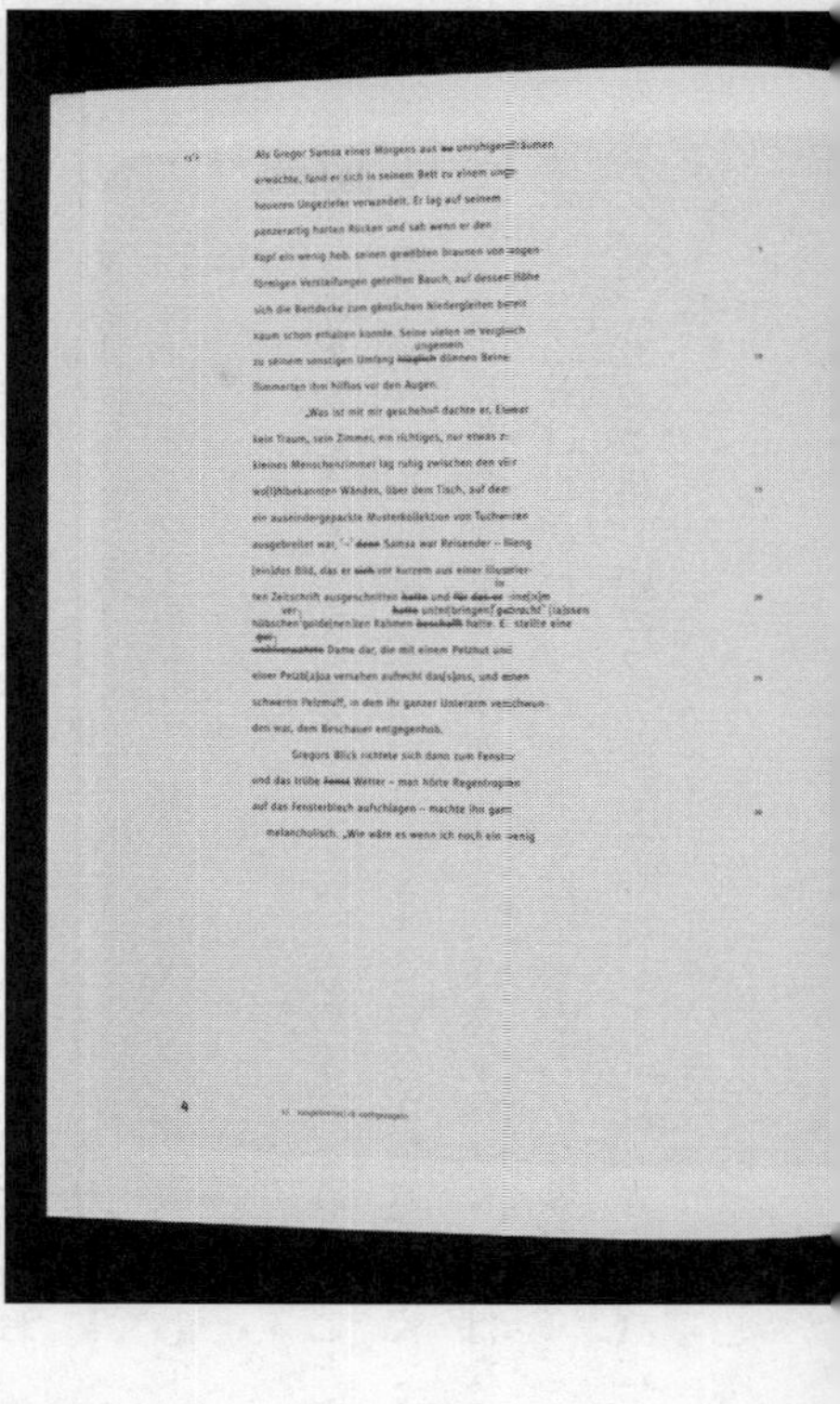

今回の光文社古典新訳文庫は、この史的批判版カフカ全集を底本にしている。

カフカの手稿とモーツァルトの自筆譜には、共通点がある。どちらもきれいで、ほとんど直しがなく、一気に書かれている。さすがだ。

翻訳は演奏に似ている。

クラシックの演奏では現在、ピリオド奏法がじょじょに主流になりつつある。ピリオド奏法の合言葉は、「オリジナルに忠実に」。作品が書かれた時代《ピリオド》の流儀にしたがって演奏しようとする。もちろん楽譜もオリジナル志向。モダン楽器の大オーケストラでなめらかに演奏されるモーツァルトは、ツルツルすべって退屈だ。おお、美しく歌いあげることの、むなしさよ。しかしピリオド楽器・ピリオド奏法でアーノンクールやガーディナーが指揮するモーツァルトは、激しい起伏があり、溌剌としていて、とても魅力的だ。

ピリオド奏法は——どういうものが「オリジナル」なのか、どういうことが「忠実に」なのか、というやっかいな問題もあるけれど——、自分が慣れ親しんできた流儀を押し通すのではなく、相手の流儀をまず尊重する。演奏家の「私」ではなく、作曲家の「私」を優先させるわけだから、ブロートとは姿勢がちがうのだ。

新しいカフカ全集、もっと新しいカフカ全集が登場して、カフカの翻訳にもピリオド奏法の時代がやってきた。

フランツ・カフカ年譜

1883年
7月3日、チェコのプラハに生まれる。父ヘルマンは、労働者階級出身のチェコ＝ユダヤ人で、商人。母ユーリエは、市民階級出身のドイツ＝ユダヤ人。

1889年〜1893年　6〜10歳
ドイツ系の小学校。

1893年〜1901年　10〜18歳
ドイツ系のギムナジウム。

1901年　18歳
プラハ大学に入学。最初は化学を、あとで法学を専攻。

1902年　19歳
夏学期にドイツ文学。10月にミュンヘンへ。冬学期にプラハで法律の勉強を再開。マックス・ブロートと出会う。

1904年　21歳
『ある戦いの記録』を書く。

1906年　23歳
法学博士になる。10月から司法実習。

1907年　24歳
『田舎の婚礼準備』を書く。10月、イタリアの保険会社アシクラツィオーニ・ジェネラリのプラハ店に就職。

1908年　**25歳**
雑誌に8つの小品を発表。7月、労働者傷害保険協会に就職。勤務時間は、午前8時から午後2時まで。1922年に退職するまで、ここに勤務。

1909年　**26歳**
雑誌に2つの短編を発表。マックス・ブロート兄弟と北イタリアに行く。その旅行記「ブレシアの飛行機」をプラハの新聞に発表。日記をつけはじめる。

1910年　**27歳**
労働者傷害保険協会の正職員になる。イディッシュ語(東欧ユダヤ語)劇団のプラハ公演にとても興味をもつ。10月、パリに旅行。

1911年　**28歳**
ブロート兄弟と北イタリアへ。チューリヒ近郊のサナトリウムに滞在。『失踪者』(第1稿)を書きはじめる。

1912年　**29歳**
7月、ヴァイマルへ旅行。8月13日、ベルリンの女性フェリーツェ・バウアーと出会う。文通がはじまる。『判決』、『変身』、『失踪者』(第2稿)を書く。小品集『観察』を出版。

1913年　**30歳**
『火夫』(『失踪者』の第1章)を出版。『判決』を文芸年鑑に発表。ウィーン、ヴェネチア、リーヴァに行く。

1914年　**31歳**
6月1日、フェリーツェ・バウアーと正式に婚約。7月12日、婚約解消。

『訴訟』にとりかかる。『流刑地で』を書く。グレーテ・ブロッホと知り合う。

1915年　32歳

1月、フェリーツェ・バウアーと再会。プラハではじめて自分の部屋を借りる。ハンガリー旅行。雑誌に『変身』を発表。『火夫』でフォンターネ賞。

1916年　33歳

フェリーツェ・バウアーとマリーエンバートに滞在。9月、『判決』を出版。ミュンヘンで『流刑地で』を朗読。(妹オットラの借りていた)錬金術師通りの部屋で、短編を書く。

1917年　34歳

7月、フェリーツェ・バウアーと2度目の婚約。8月、喀血。9月、結核と診断される。(妹オットラが住む)北ボヘミアの村チューラウに滞在。12月、2度目の婚約を解消する。

1918年　35歳

プラハの労働者傷害保険協会に復帰。シレジアでユーリエ・ヴォリツェクと知り合う。この年、ハプスブルク帝国(オーストリア＝ハンガリー二重帝国)が解体し、チェコスロバキアが誕生。

1919年　36歳

『流刑地で』を出版。ユーリエ・ヴォリツェクと婚約。シレジアで『父への手紙』を書く。

1920年　37歳

療養のためメラーノ(南チロル)に滞在。ミレナ・イェセンスカと手紙のやりとりをはじめ、恋仲に。ウィーンでミレナと会う。プラハに戻る。短編集『田舎医者』を出版。ユーリエ・ヴォリツェクとの婚約を解消。いくつも短編を書く。12月、マトリアリィ(スロバキアのタトラ山地)のサナトリウムに滞在。

1921年 **38歳**

秋にプラハに戻り、職場に復帰。

1922年 **39歳**

シュピンデルミューレ(北ボヘミアの山地の保養地)に行き、『城』を書きはじめる。プラハで『断食芸人』を書く。7月1日、労働者傷害保険協会を退職。夏、プラニャ(南ボヘミア)に滞在。

1923年 **40歳**

7月、ミューリッツ(バルト海沿岸の保養地)で、ドーラ・ディマントと知り合う。パレスチナ移住を考えて、ヘブライ語の勉強を再開。9月、ベルリンでドーラといっしょに暮らす。『巣穴』を書く。

1924年 **41歳**

病状が悪化。3月、プラハに戻る。4月、『歌姫ヨゼフィーネ』を書く。4月、キーアリング(ウィーン近郊)のサナトリウムに。6月3日、死去。6月11日、プラハ=シュトラシュニッツのユダヤ人墓地に埋葬。

訳者あとがき──犬のように

カフカを翻訳することになるとは、思ってもいなかった。カフカはドイツ語で読んできた。翻訳もたくさんある。

しかし、あるとき白水社の『城』を見て、驚いた。新訳なのに、ページが白い。白水社だから? いや、原文で引用符つきの会話が登場するたびに改行されているから、余白が多いのだ。しかし底本の批判版カフカ全集のドイツ語は、改行が少なく、どのページにも大きめの活字がぎっしり詰まっている。

傑作『存在の耐えられない軽さ』を書いた小説家クンデラは、カフカとおなじチェコ人である。屈指のカフカ読みのひとりでもある。知的で皮肉なユーモアを愛するが、裏切りには敏感な作家だ。最初はチェコ語で執筆していたが、自作のフランス語訳の「不忠実」に嫌気がさして、フランス語で執筆するようになった。当然、翻訳にはうるさい。

そのクンデラが小説家の立場から、フランス語訳カフカを批判している。クンデラによれば、『城』の第3章で、Kとフリーダのセックスを描写したワンセンテンス（批判版では、68ページ26行目〜69ページ6行目）に、カフカの独創性が凝縮されているという。その第3章の段落数は、批判版だと2つしかない。カフカを「裏切った」と言われるブロート版ですら5つなのに、フランス語のヴィアラット訳では90、ロルトラリ訳では95にもなっている。こんなひどい段落分けは、ほかの国ではないだろうと、クンデラは憤慨する。

カフカは少ないボキャブラリーで書いた。散文を強く歌わせるために、くり返しを多用した。読者を陶酔させるために、会話文を段落のなかに流しこんだ。第3章が長い息で途切れることなく読まれることを期待していたのに、カフカは裏切られているというのだ。

『城』の日本語訳は、どうか。批判版カフカ全集を底本にした白水社版の第3章は、段落数が162。引用符つきの会話が登場するたびに律儀に改行している。ブロート版を底本にした新潮社版では、79。

姿かたちをすべて翻訳に反映させることなどできない。とくに長文のドイツ語（屈折語）を日本語（膠着語）に翻訳するとき、句読点を律儀に反映させようとすれば、昔の岩波文庫のドイツ観念論みたいに、どの言葉がどの言葉にかかっているのか、チンプンカンプンになる。一対一対応にこだわる必要はない。

だから白水社の『城』では、例のワンセンテンスを、7つの短文で処理している。短文をうまく連ねることによって、意味がすっきり伝わり、リズムも生まれている。しかし、改行を翻訳に反映させることは簡単なのに、なぜオリジナルの段落を無視したのか。たぶん、日本の文芸物の改行の慣習にしたがって、読みやすくしようと思ったのだろう。

自分の流儀を大切にしながら、「読みやすくする」というのが、ブロート版カフカ全集の編集方針だ。白水社版のカフカは、新しい批判版カフカ全集をせっかく底本にしているのに、翻訳の手つきは、けっこうブロートっぽい。ざくっと切り取り、すっきり描いて、わかりやすい絵にしている。オリジナルの楽譜を踏まえてはいるが、あまり神経質にならず自分の流儀をくずさない。往年の大家の演奏みたいだ。

私はハゲているが、床屋に行くと、「ハゲは気にせず、できるだけ短くして」と注文する。少ないバターは薄く塗れ。しかし小心者だから、翻訳のときはカットしないよう心がける。

『判決』は、カフカの生前に出版されているから、ブロート版でも、批判版でも、史的批判版でも、テキストにほとんど異同はない。その『判決』を小心者が訳すと、こんな具合になる。

ぼくはほんとうに幸せだ。そして、君との関係もちょっと変化した。といっても、君にとってごくありきたりの友人ではなく、幸せな友人になったということにすぎないのだが。いや、それだけじゃない。婚約者が君によろしくと言っている。(本書14ページ)。

ところが白水社版では、傍線部のところをバッサリ刈り込み、20字のワンセンテンスに短縮している。じつに簡単明瞭。カットの名人芸だ。しかし気になるカットもある。

「ちゃんとくるまれてるか」と父親がもう一度たずねた。返ってくる答えを待ちかまえているようだ。

「大丈夫、ちゃんとくるまれてるよ」

「ちがうだろうが！」と父親が叫んだ。答えが質問に衝突したのだ。父親は毛布をガバッとはねのけた。（本書22～23ページ）

白水社版では、〈答えが質問に衝突したのだ〉のところが、カフカっぽいフレーズなのに、そっくり切り捨てられている。カフカより高いポジションに立って翻訳したような大胆さ。

だが、相手はカフカだ。ブロート版が忠実でないから、カフカの加筆・抹消をはじめとし、句読点のひとつひとつの異同にいたるまで、詳細な報告をつけた批判版カフカ全集が出た。その批判版ですら「カフカに忠実ではない」として、史的批判版カフカ全集が出されたカフカなのである。

たかが改行。たかがカット。わかりやすく、親しみやすくなれば、いいじゃないか。

カフカの親友やカフカのおじさんなら、そう考えるだろう。しかしピリオド奏法なら？私は犬になりたい。翻訳をやっていて楽しいのは、やっかいな「私」を忘れさせてくれる点にある。主人は優しいけれど、私とは次元のちがうものを見て、次元のちがうことを考えているかもしれない。だからビクターの犬のように、ヒズ・マスターズ・ボイスにしっかり耳を傾けよう。もっとも私は、カフカからエサすらもらえないから、犬にすらなれないのだが。

『変身』は最後の場面で、それまでのモノクロがぱっとカラーになる。宅急便で届いた本書の初校ゲラの124ページには、その伏線となるセンテンスが仕込まれている。〈早朝にもかかわらず、さわやかな外気には、もう生暖《なまあたた》かさがまじっていた。もう3月末だった〉。予想どおり、ふたつの「もう」にチェックが入っていた。くり返しが気になったらしい。しかしカフカのドイツ語は、「もう」をしっかりくり返している。

くり返しは国語の時間でも嫌われ者だ。なぜだろう？ 私は、毎日おなじドッグフードにも尻尾をふる。くり返しは好物だ。というだけでなく、くり返しはレトリックの基本でもある。カフカはくり返しを多用している。

今回の古典新訳文庫では、美しい日本語の基準――なんて、どこにあるのだろう?――は無視して、くり返しを意識的に残した。本書の『変身』を読むと、「もしかしたら」や「実際」などのくり返しが、もしかしたら実際、気になるかもしれない。それは、ふふふ、あなたとカフカの感性がちがうから?

底本は、史的批判版カフカ全集。批判版カフカ全集も参考にした。高橋義孝訳、山下肇・萬里訳、川村二郎訳、圓子修平訳、池内紀訳、三原弟平訳から、いろんなことを教わった。ありがとうございました。

史的批判版カフカ全集やピリオド奏法の話をしていたら、今野哲男さんと光文社文芸局長の駒井稔さんから、「カフカ、やりませんか」と言われた。編集担当は、光文社翻訳出版編集部の中町俊伸さん。20歳の山田亜希子さんにも、訳稿とゲラを読んでもらい、助言してもらった。ほかにもたくさんの人にお世話になった。ありがとうございました。

2007年7月　丘沢静也

光文社古典新訳文庫

変身《へんしん》／掟《おきて》の前《まえ》で　他《ほか》2編《へん》

著者　カフカ
訳者　丘沢《おかざわ》 静也《しずや》

2007年9月20日　初版第1刷発行
2024年5月20日　第13刷発行

発行者　三宅貴久
印刷　萩原印刷
製本　ナショナル製本

発行所　株式会社光文社
〒112-8011東京都文京区音羽1-16-6
電話　03（5395）8162（編集部）
03（5395）8116（書籍販売部）
03（5395）8125（制作部）
www.kobunsha.com

ISBN978-4-334-75136-4 Printed in Japan

いま、息をしている言葉で、もういちど古典を

長い年月をかけて世界中で読み継がれてきたのが古典です。奥の深い味わいある作品ばかりがそろっており、この「古典の森」に分け入ることは人生のもっとも大きな喜びであることに異論のある人はいないはずです。しかしながら、こんなに豊饒で魅力に満ちた古典を、なぜわたしたちはこれほどまで疎んじてきたのでしょうか。

ひとつには古臭い教養主義からの逃走だったのかもしれません。真面目に文学や思想を論じることは、ある種の権威化であるという思いから、その呪縛から逃れるために、教養そのものを否定しすぎてしまったのではないでしょうか。

いま、時代は大きな転換期を迎えています。まれに見るスピードで歴史が動いていくのを多くの人々が実感していると思います。

こんな時わたしたちを支え、導いてくれるものが古典なのです。「いま、息をしている言葉で」——光文社の古典新訳文庫は、さまよえる現代人の心の奥底まで届くような言葉で、古典を現代に蘇らせることを意図して創刊されました。気取らず、自由に、心の赴くままに、気軽に手に取って楽しめる古典作品を、新訳という光のもとに読者に届けていくこと。それがこの文庫の使命だとわたしたちは考えています。

このシリーズについてのご意見、ご感想、ご要望をハガキ、手紙、メール等で翻訳編集部までお寄せください。今後の企画の参考にさせていただきます。
メール　info@kotensinyaku.jp

光文社古典新訳文庫　好評既刊

三文オペラ
ブレヒト／谷川《たにがわ》道子《みちこ》◉訳

貧民街のヒーロー、メッキースは街で偶然出会ったポリーを見初め、結婚式を挙げるが、彼女は、乞食の元締めの一人娘だった…。猥雑なエネルギーに満ちたブレヒトの代表作。

アンティゴネ
ブレヒト／谷川《たにがわ》道子《みちこ》◉訳

戦場から逃亡し殺されたポリュネイケス。王は彼の屍を葬ることを禁じるが、アンティゴネはその禁を破り抵抗。詩人ヘルダーリン訳に基づきギリシア悲劇を改作したブレヒトの傑作。

ガリレオの生涯
ブレヒト／谷川《たにがわ》道子《みちこ》◉訳

地動説をめぐり教会と対立し自説を撤回したガリレオ。幽閉生活で目が見えなくなっていくなか、『新科学対話』を口述筆記させていた。ブレヒトの自伝的戯曲であり、最後の傑作。

マルテの手記
リルケ／松永《まつなが》美穂《みほ》◉訳

青年詩人マルテが、幼少の頃の記憶、生と死をめぐる考察、日々の感懐などの断片を書き連ねていく…。リルケ自身のパリでの体験をもとにした、沈思と退廃の美しさに満ちた長編小説。

みずうみ／三色すみれ／人形使いのポーレ
シュトルム／松永《まつなが》美穂《みほ》◉訳

歳月を経るごとに鮮やかに蘇る初恋…。若き日の甘く切ない経験を叙情あふれる繊細な心理描写で綴った、いまもなお根強い人気を誇るシュトルムの傑作3篇。

水の精《ウンディーネ》
フケー／識名《しきな》章喜《あきよし》◉訳

ドイツ後期ロマン派作家の代表作。水の精霊ウンディーネと騎士フルトブラントとの恋と、その悲劇的な結末を描く幻想譚。ジロドゥ『オンディーヌ』はこの作品をもとにした戯曲。

光文社古典新訳文庫　好評既刊

イタリア紀行（上・下）

ゲーテ／鈴木《すずき》 芳子《よしこ》◉訳

公務を放り出し、憧れの地イタリアへ。旺盛な好奇心と鋭い観察眼で、美術や自然、人びとの生活について書き留めた。芸術家としての新たな生まれ変わりをもたらした旅の記録。

アルプスの少女ハイジ

ヨハンナ・シュピリ／遠山《とおやま》 明子《あきこ》◉訳

両親を亡くしたハイジは、アルプスの山小屋で暮らす祖父のもとに預けられる。ある日、足の不自由な令嬢の遊び相手を務めるため都会の家に住み込むことに…。挿絵多数、完訳版。

毛皮を着たヴィーナス

ザッハー＝マゾッホ／許《きょ》 光俊《みつとし》◉訳

青年ゼヴェリンは女王と奴隷の支配関係となることをヴァンダに求めるが、そのうちに彼女の嗜虐行為はエスカレートして……。「マゾヒズム」の語源となった著者の代表作。

若きウェルテルの悩み

ゲーテ／酒寄《さかより》 進一《しんいち》◉訳

故郷を離れたウェルテルが恋をしたのは婚約者のいるロッテ。関わるほどに愛情とともに深まる絶望。その心の行き着く先は……。世界文学史に燦然と輝く文豪の出世作。

この人を見よ

ニーチェ／丘沢《おかざわ》 静也《しずや》◉訳

精神が壊れる直前に、超人、偶像、価値の価値転換など、自らの哲学の歩みを、晴れやかに痛快に語った、ニーチェ自身による最高のニーチェ公式ガイドブックを画期的新訳で。

失脚／巫女の死

デュレンマット傑作選

デュレンマット／増本《ますもと》 浩子《ひろこ》◉訳

田舎町で奇妙な模擬裁判にかけられた男の運命を描く「故障」、粛清の恐怖のなか閣僚たちが決死の心理戦を繰り広げる「失脚」など、巧緻なミステリーと深い寓意に溢れる四篇。

光文社古典新訳文庫　好評既刊

ツァラトゥストラ（上・下）

ニーチェ／丘沢《おかざわ》 静也《しずや》◉訳

「人類への最大の贈り物」「ドイツ語で書かれた最も深い作品」とニーチェが自負する永遠の問題作。これまでのイメージをまったく覆す、軽やかでカジュアルな衝撃の新訳。

論理哲学論考

ヴィトゲンシュタイン／丘沢《おかざわ》 静也《しずや》◉訳

「語ることができないことについては、沈黙するしかない」。現代哲学を一変させた20世紀を代表する衝撃の書。オリジナルに忠実かつ平明な革新的訳文の、まったく新しい『論考』。

読書について

ショーペンハウアー／鈴木《すずき》 芳子《よしこ》◉訳

「読書とは自分の頭ではなく、他人の頭で考えること」。読書の達人であり、一流の文章家が繰り出す、痛烈かつ辛辣なアフォリズム。読書好きな方に贈る知的読書法。

幸福について

ショーペンハウアー／鈴木《すずき》 芳子《よしこ》◉訳

「人は幸福になるために生きている」という考えは人間生来の迷妄であり、最悪の現実世界の苦痛から少しでも逃れ、心穏やかに生きることが幸せにつながると説く幸福論。

善悪の彼岸

ニーチェ／中山《なかやま》 元《げん》◉訳

西洋の近代哲学の限界を示し、新しい哲学の営みの道を拓こうとした、ニーチェ渾身の書。アフォリズムで書かれたその思想を、ニーチェの肉声が響いてくる画期的新訳で！

道徳の系譜学

ニーチェ／中山《なかやま》 元《げん》◉訳

『善悪の彼岸』の結論を引き継ぎながら、新しい道徳と新しい価値の可能性を探る本書によって、ニーチェの思想は現代と共鳴する。ニーチェがはじめて理解できる決定訳！

光文社古典新訳文庫　好評既刊

罪と罰（全3巻）

ドストエフスキー／亀山《かめやま》 郁夫《いくお》◉訳

ひとつの命とひきかえに、何千もの命を救える。「理想的な」殺人をたくらむ青年に押し寄せる運命の波——。日本をはじめ、世界の文学に決定的な影響を与えた小説のなかの小説！

白　痴（全4巻）

ドストエフスキー／亀山《かめやま》 郁夫《いくお》◉訳

純真無垢な心をもち誰からも愛されるムイシキン公爵を取り巻く人間模様を描く傑作。ドストエフスキーが書いた〝ほんとうに美しい人〟の物語。亀山ドストエフスキー第4弾！

未成年（全3巻）

ドストエフスキー／亀山《かめやま》 郁夫《いくお》◉訳

複雑な出生で父と母とは無縁に人生を切り開いてきた孤独な二十歳の青年アルカージーがつづる魂の「告白」。ドストエフスキー後期の傑作、45年ぶりの完訳！　全3巻。

賭博者

ドストエフスキー／亀山《かめやま》 郁夫《いくお》◉訳

舞台はドイツの町ルーレッテンブルグ。「偶然こそ真実」とばかりに、金に群がり、偶然に賭け、運命に嘲笑される人間の末路を描いた、ドストエフスキーの〝自伝的〟傑作！

貧しき人々

ドストエフスキー／安岡《やすおか》 治子《はるこ》◉訳

極貧生活に耐える中年の下級役人マカールと天涯孤独な少女ワルワーラ。二人の心の交流を描く感動の書簡体小説。21世紀の〝貧しき人々〟に贈る、著者二十四歳のデビュー作！

地下室の手記

ドストエフスキー／安岡《やすおか》 治子《はるこ》◉訳

理性の支配する世界に反発する主人公は、「自意識」という地下室に閉じこもり、自分を軽蔑した世界をあざ笑う。それは孤独な魂の叫び声だった。後の長編へつながる重要作。

白夜／おかしな人間の夢

ドストエフスキー／安《やす》岡《おか》治《はる》子《こ》◉訳

ペテルブルグの夜を舞台に内気で空想家の青年と少女の出会いを描いた初期の傑作「白夜」など珠玉の4作。長篇とは異なるドストエフスキーの〝意外な〟魅力が味わえる作品集。

ステパンチコヴォ村とその住人たち

ドストエフスキー／高《たか》橋《はし》知《とも》之《ゆき》◉訳

帰省したら実家がペテン師に乗っ取られていた！　人の良すぎる当主、無垢なる色情魔、胸に一物ある客人たち…。奇天烈な人物たちが巻き起こすドタバタ笑劇。文豪前期の傑作。

戦争と平和（全6巻）

トルストイ／望《もち》月《づき》哲《てつ》男《お》◉訳

ナポレオンとの戦争（祖国戦争）の時代を舞台に、貴族をはじめ農民にいたるまで国難に立ち向かうロシアの人々の生きざまを描いた一大叙事詩。トルストイの代表作。

イワン・イリイチの死／クロイツェル・ソナタ

トルストイ／望《もち》月《づき》哲《てつ》男《お》◉訳

裁判官が死と向かい合う過程で味わう心理的葛藤を描く「イワン・イリイチの死」。地主貴族の主人公が嫉妬がもとで妻を殺す「クロイツェル・ソナタ」。著者後期の中編二作。

ヴェーロチカ／六号室　チェーホフ傑作選

チェーホフ／浦《うら》雅《まさ》春《はる》◉訳

無気力、無感動、怠惰、閉塞感……悩める文豪が自身の内面に向き合った末に生まれた、こころと向き合うすべての大人に響く迫真の短篇6作品を収録。

翼　李箱作品集

李《イ》箱《サン》／斎《さい》藤《とう》真《ま》理《り》子《こ》◉訳

怠惰を愛する「僕」は、隣室で妻が「来客」からもらうお金を分け与えられて……。表題作ほか、韓国文学史上、最も伝説に満ちた作家による小説、詩、日本語詩、随筆等を収録。

光文社古典新訳文庫　好評既刊

とはずがたり

後《ご》深《ふか》草《くさ》院《いん》二《に》条《じょう》／佐《さ》々《さ》木《き》和《わ》歌《か》子《こ》◉訳

14歳で後宮入りし、院の寵愛を受けながらも、その若さと美貌ゆえに貴族との情事を重ねることになった二条。宮中でのなまなましいまでの愛欲の生活を綴った中世文学の傑作！

好色一代男

井《い》原《はら》 西《さい》鶴《かく》／中《なか》嶋《じま》 隆《たかし》◉訳

七歳で色事に目覚め、地方を遍歴しながら名高い遊女たちとの好色生活を続けた世之介。光源氏に並ぶ日本文学史上最大のプレイボーイの生涯を描いた日本初のベストセラー小説。

好色五人女

井《い》原《はら》 西《さい》鶴《かく》／田《た》中《なか》 貴《たか》子《こ》◉訳

江戸の世を騒がせた男女の事件をもとに西鶴が創り上げた、極上のエンターテインメント五編。恋に賭ける女たちのリアルが、臨場感あふれる新訳で伝わる性愛と「義」の物語。

虫めづる姫君　堤中納言物語

作者未詳／蜂《はち》飼《かい》 耳《みみ》◉訳

風流な貴公子の失敗談「花を手折る人」、虫ばかりに夢中になる年ごろの姫「あたしは虫が好き」など、無類の面白さと意外性に富む物語集。訳者によるエッセイを各篇に収録。

方丈記

鴨《かもの》 長《ちょう》明《めい》／蜂《はち》飼《かい》 耳《みみ》◉訳

出世争いにやぶれ、山に引きこもった不遇の才人・鴨長明が、災厄の数々、生のはかなさを綴った日本中世を代表する随筆。和歌十首と訳者によるオリジナルエッセイ付き。

枕草子

清《せい》少《しょう》納《な》言《ごん》／佐《さ》々《さ》木《き》和《わ》歌《か》子《こ》◉訳

宮廷生活で見つけた数々の「いとをかし」。ベテラン女房の清少納言が優れた感性とユニークな視点で綴った世界観を、歯切れ良く瑞々しい新訳で。平安朝文学を代表する随筆。